13/21 소설책

작가 소묘: 이제하

# 테러리스트

송경아 소설

문학과지성사
1999

송경아 소설
테러리스트

지은이 / 송경아
펴낸이 / 김병익
펴낸곳 / 문학과지성사

등록 / 1993년 12월 16일 등록 제 10-918호
주소 / 서울 마포구 서교동 363-12호 무원빌딩 4층 (121-210)
전화 / 편집부 338)7224~5 · 7266~7 팩스 / 323)4180
영업부 338)7222~3 · 7245 팩스 / 338)7221

제1판 제1쇄 / 1999년 3월 30일

값 6,000원
ISBN 89-320-1066-8

ⓒ 송경아
지은이와 협의에 의해 인지는 생략합니다.
이 책의 판권은 지은이와 문학과지성사에 있습니다.
양측의 서면 동의 없는 무단 전재 및 복제를 금합니다.

잘못된 책은 바꾸어드립니다.

# 테러리스트

# 테러리스트

## I

### 1

그날은 내 누이동생이 죽은 날이었다. 누이동생은 스물세 살이었다. 그 아이에 대한 기억은 잘 나지 않는다. 꽃같이 하얀 얼굴에 색소가 조금 부족해 보이는 갈색 눈동자였다는 것밖에. 동생은 글을 쓰고 싶어했다. 내가 "글 따위는 뭐…… 도대체 왜……?"라고 말하자, 동생이 말했다.

"아주 격정적인 감정에 사로잡힐 때, 그때밖에 글을 쓸 수 없는 거야. 오빠. 그것이 인간에게 있어서 인간 이상의 위대함을 창출하는 거고, 그 한 순간에 인간은 가치를 가지는 거야. 나는 그 순간을 위해 글을 쓰길 바래. 오빠가 날 비웃을지 몰라도, 난 글을 계속 써야 해. 글은 내 생활을 구원하는 거야, 오빠."

그것만을 위해서, 좀더 생동감 있는 글을 쓰기 위해서 동생은 그 험한 구렁텅이에 빠져들기를 바랐던가? 동생은 주정뱅이와 결혼했다. 동생이 아무리 아니라고 주장해도 별수없다. 동생은 죽은 사람이고 나는 산 사람이기 때문이다. 내 목소리가 더 큰 힘을 가진다. 내가 보기에 동생의 남편은 술주정뱅이였다. 그는 술을 먹었고, 술을 먹으면 동생을 두드려팼다. 동생은 비명을 지르며 집 밖으로 뛰어나가는 생활을 되풀이했다. 물론 동생은 나에게 한마디도 하지 않았다. 충분히 짐작하고 있었던 내가 이리저리 유도 심문을 했음에도 불구하고, 동생은 언제나 입을 다물고 웃을 뿐이었다. 아마 진상을 알면 이 오빠가 그 개자식을 찔러죽일까봐 겁이라도 났던 모양이다. 그러던 어느 날 동생은 수면제를 많이 먹었다. 생명의 불꽃이 불타다 못해 몸 밖으로 튀어나가기 충분할 정도로 많이. 주인공을 살려 그뒤의 이야기를 이어나가야 하는 대부분의 소설에서는 주인공이 살아난다. 동생은 죽었다. 나는 경찰서에서 동생의 남편을 만났다. 동생의 남편은 늘 그렇듯이 술에 취한 것처럼 얼굴이 뻘게져서 어쩔 줄을 모르고 있었다. 동생의 남편은 떠듬떠듬 말했다.
 "그 사람은…… 그 사람은 정신 상태가 불안했어요. 그 사람이 왜 죽었는지 모르겠습니다. 물론, 우리 생활이 힘든 점이 있었어요. 하지만 우리는 극복해나가고 있었습니다. 그 사람이 왜 죽었는지 모르겠습니다. 이제 간신히 조금씩 나아져가고 있었습니다. 그 사람이 정말 왜 그랬는지……"

 마지막은 끄윽끄윽하는 울음 소리로 끝이 났다. 나는 그의 얼굴을 지켜보았다. 그의 얼굴은 벌건 살집이 올라 있었고, 개기름이 질질 흘렀다. 그는 스물다섯이었다. 스물세 살짜리와 스물다섯 살짜리가, 더구나 술에 취해 살아가는 스물다섯 살짜리와 그를 무조건 받아주기로 결심한 스물세 살짜리가 인생에 대해 무엇을 안단 말인가? 내 누이동생은 인생을 알고 있었다. 그애는 그와 함께 생활을 조금 더 영위해나가다가는 자신의 영혼 속에 깃들여 있는 가장 고귀한 부분이 형편없이 망가지리라는 것을 알고 있었다. 그래서 그애는 자살을 선택했다. 그애는 편안히 잠드는 것을 선택했다. 하지만 내가 본 그애의 얼굴은 죽은 회색빛이었고, 그애는 하나도 편안해 보이지 않았다. 돌부스러기가 뭉쳐 사람 형상을 하고 있는 것을 내가 본 적이 있었다면, 그애의 모습을 보았을 때 나는 그 형상을 떠올렸을 것이다. 죽은 그애의 모습에는 하나도 활기가 없었다.

 "원래는 안 되지만요, 마지막에…… 다시 한번 보시겠습니까?"

그애의 몸을 담은 나무관을 화장 장치에 밀어넣기 전에 화부가 나에게 물었다. 그것은 내가 뼛가루를 받아 갈 것인지를 묻는 물음이기도 했다. 화부는 분명 나를 동정하고 있었다. 그는 그애의 남편과 나를 비교해보고, 내가 그애와 더욱 가까운 사람이라고 단정했음에 틀림없다. 법적으로 그애의 남편이라는 자식은 두 팔을 휘저으며, 자신이 얼마나 그애 때문에 고생을 했는지, 그애가 얼마나 히스테릭했는지, 그애가 죽기로 결심한 것은 정말로 충동적인 일이었기 때문에 결과적으로 왜 자신은 아무런 잘못이 없는지를 그 자식의 아버지 어머니에게 강변하고 있었다. 나는 고개를 가로저었다.
"그냥 보내세요."
시꺼먼 인유(人油) 때와 그을음에 전 장갑으로 내가 손에 쥐어준 돈을 받으며, 화부는 그애의 관을 갈고리에 걸어 화마(火魔) 속에 집어넣었다. 얼마 안 있어 그애의 뼈는 재로 변할 것이었다. 나는 더 이상 그 장면을 보려고 하지 않고 발길을 돌렸다. 만약 그럴 생각이 있다면 남편이라는 자식이 그애의 뼛가루를 받아 갈 것이다. 그러나 그것은 그애의 잔해 중에서도 회색으로 변한 찌꺼기에 지나지 않는다. 영(靈)이 사라져버린 그애의 육체 중에서도, 지상에 남을 수밖에 없는 찌꺼기 중의 찌꺼기. 그것을 내가 왜 받아 가야 하는가. 나는 빛나던 그애의 머리칼과 활기찬 눈동자를 기억 속에 간직하고 있다. 내게 남아 있는 것은 그것이었다.

시외버스를 탔다가, 서울 끄트머리에서 나는 지하철을 탔다. 지하철 끄트머리에서 타면 언제나 앉아 갈 자리가 있다. 얼마간 앉아 꾸벅꾸벅 졸다 보면 서울의 반대편 끄트머리에 도착할 것이다. 그러면 나는 내려서 나의 오붓한 오피스텔에 갈 것이다. 거기엔 내가 아무에게도 방해받지 않고 몸을 눕힐 수 있는 조그만 침대가 있다. 나는 피곤했다. 겪어보면 알겠지만, 한 사람의 죽음을 맞는 것은 언제나 피곤한 일이다. 그것은 사람의 온몸에서 활기를 쥐어짜 전생애를 비워내는 것과 같은 느낌을 준다. 그래서 나는 3호선 끄트머리에서 끄트머리까지 이르는 여정 중에 한번도 깨지 않기로 작정을 하고 눈을 감았다.

꿈속에서건 실제로건, 나는 그애의 남편에게 분개하지 않았다. 꿈속에서 그애의 남편이 나타나기는 했다. 이미 돌아가신 부모님의 말라빠진 손에서 그애를 낚아채가며 그가 말했다. '이건 애가 원하는 거예요. 나는 아무것도 하지 않았어요.' 나는 그 말을 용인했다. 꿈속에서도 그애가 손을 뻗어 그의 손을 붙잡는 것 같기도 했다. 나는 그애에게 말했다. '기억이란 꿈속에서 나타나기까지는 얼마간 걸려. 대체로 그 기억이 지워질 때쯤

꿈에 나타난다던데, 너는 겨우 엊그제 죽고 이제 화장되었을 뿐이야. 네가 벌써 나타나선 안 되지. 더구나 네가 어떻게 자기의 의지를 나타낼 수 있니.' 그애가 희미하게 웃으며 말했다. '오빠는 삶에 대해서는 아무것도 몰라. 나는 그 사람을 사랑했어. 그래, 그 사람이 아무짝에도 쓸모가 없다는 건 알아. 하지만 쓸모 있는 것도 때로는 쓸모가 없어지기도 해. 그렇다면, 쓸모 없는 것을 내가 아낄 수도 있는 거잖아.' 그리고 그애는 손을 흔들며 구름 속으로 사라졌다. 구름이 재가 되어 하늘하늘 쏟아져내렸다. 그 장면의 마무리를 장식하듯이 꿈속에서 울려퍼지는 드럼 소리.

드럼 소리는 불규칙하고 시끄러웠다. 멈춰주었으면 하는데도 계속 멈추지 않았다. 그 소리가 나를 잠에서 깨웠다. 문 옆 가로대에 기대 졸다가, 나는 결국 그 소리 때문에 깰 수밖에 없었다.

어떤 개자식이 문 옆 가로대에 대고 나이프 날을 두들기고 있었다.

눈을 뜨자마자 내가 제일 먼저 확인한 것은 3호선 어디쯤까지 전철이 왔는가였다. 전철은 신사역에 섰다가 막 출발하고 있었다. 그렇게 짧은 꿈치고는 나쁘지 않은 진행 속도였다. 그러나 속이 빈 철기둥에 대고 나이프를 두들기는 소리는 계속 귀에 거슬렸다. 나는 목을 쭉 빼고 정신을 차리려고 노력하며 무슨 일이 벌어지고 있는지 살펴보았다.

 드럼 소리는 바로 내 옆에서 울려퍼지고 있었다. 내가 기대 자고 있었던 가로대에 어떤 자식이 리듬에 맞춰 칼을 똑똑 두드려대고 있었던 것이다. 그 칼이 어디에 가서 꽂힐까? 잠에서 덜 깬 눈을 하고 나는 흥미롭게 그 광경을 지켜보았다. 내 맞은편에는 40대를 갓 넘긴 듯한 아줌마가 둔중한 엉덩이를 녹색 좌석에 밀어넣고 있었다. 그 앞에는 백발이 성성하고 얼굴에 주름살을 가득 담은, 6, 70대쯤 되어 보이는 할아버지가 난처한 듯한 얼굴을 하고 서 있었다. 아마 할아버지가 앉으려던 좌석을 아줌마가 새치기한 모양이었다. 내 옆에서 잠을 깨운 자식은 거기에 의협심을 발동한 건가? 어차피 나는 남부터미널역에서 내려야 한다. 방금 눈을 떴는데 도로 잠들기란 힘든 노릇이었다. 나는 그들을 지켜보았다. 짐작한 대로, 내 옆에 섰던 녀석이 그쪽으로 건들건들 다가갔다. 그 녀석은 살집이 내려앉아 이중턱이 될락말락 한 아줌마의 턱에 칼을 들이댔다. 형광등 빛을 받아 칼이 반짝였다.

 "어이, 아줌마, 여기 할아버지가 앉으시려는 거 안 보이우?"

 막 앉은 아줌마는 얼굴이 창백해진 채 그 녀석을 올려

다보았다. 지금 보니 많아봤자 20대 초반 정도 되어 보이는 앳된 녀석이었다. 그 자식은 계속 이죽였다.

"낮살 처먹은 여자들은 모두 그 정도 싸가지밖에 안 되는 모양이지? 노인이 서 계신데 엉덩이를 비집어 넣는다? 아줌마, 아저씨 좆에 엉덩이 돌릴 때도 그렇게 비집어 넣어? 그럴 때만 그러면 되잖아? 당장 못 일어나?"

나는 피식 쓴웃음을 지었다. 저건 어린애들의 치기다. 저 녀석은 지금 자기가 영웅이라도 된 듯 착각하고 있을 게다. 약한 자를 대변하고 강한 자를 응징하는 의적이 된 듯한 기분, 그러나 의적이라는 것도 어차피 강한 힘을 상징하는 것일 뿐이다. 그 힘에 비교해서 더 강한 힘이 존재하느냐 아니냐는 별문제가 되지 않는다. 자기보다 약한 자를 괴롭혀보고 거기에서 만족을 얻고, 덧붙여 의협심까지 충족시키는 것이야말로 신념 없는 약한 자의 행동일 뿐이다. 남의 신념이 자신의 신념이 되어야 한다고 착각하고 있는 놈들이 그런 짓을 자주 한다. 더 이상 그 광경에 내가 흥미를 가질 필요는 없었다. 나는 다시 눈을 감았다. 내 눈을 도로 뜨게 한 것은 바로 옆자리에서 새어나온 가녀린 목소리였다.

"저런 모습을 앞에 두고도, 사람을 극악하고 광폭하게 하는 것이 과연 지나친 상상력이나 영혼의 힘이라고 할 수 있을까?"

나는 눈을 번쩍 뜨고 옆을 바라보았다. 화장도 하지 않은 수수한 여자가 앉아 있었다. 약간 마른 듯한 몸에 헐렁하고 촌티나는 초록색 원피스를 걸친 여자였다. 얼굴은 하얀 편이고, 입술은 조금 얇았지만 그렇다고 아주 이지적이거나 차가운 느낌을 줄 정도는 아니었다. 지하철에서, 버스에서, 길거리에서 지나치는 수많은 여자 중에서 구별해낼 수 없는, 특색 없는 여자였다. 여자는 내가 쳐다보는 것을 알아채고 눈길을 내리깔았다.
"갑자기 무슨 말이오?"
"사드의 책에 있는 말이에요."
 여자는 낯선 사람이 말을 걸어오는 것이 당연한 일인 것처럼 침착하게 대답했다. 하기야 낯선 사람이나 낯선 힘이 생활에 침입해 들어오는 일은 흔히 벌어지는 일이니까. 그러나 그 여자는 '누구의 말'이라는 것이 모든 설명이 되는 것처럼 얘기하고 있었다. 이름 따위는 사실 아무런 설명이 되지 않음에도 불구하고. 거기에 대해서 더 이상 왈가왈부하고 싶지는 않았다. 나는 다시 앞자리로 눈길을 돌렸다. 얼굴이 하얗게 질린 아주머니가 일어나고, 역시 얼굴이 하얗게 질린 할아버지가 다리를 후들후들 떨며 그 자리에 앉아 있었다. 아까 내 잠을 깨워놓은 녀석은 그 앞에 서서 의기양양하게 가로대에 칼을 똑똑 두드리고 있었다. 그 똑똑 두드리는 소리가, 그 어리고 의기양양한 얼굴이 내 비위를 건드렸다. 나는 자리에서 일어나 그 녀석에게 다가갔다.

"저, 그런데요."

나는 그 녀석이 대꾸를 하거나, 내 말 한마디에 숨은 속뜻(그것이 적개심이건 경멸이건 무어건간에)을 추측하거나, 내가 하는 행동에 대처할 여유를 주지 않았다. 한 손으로 그 녀석의 손목을 비틀어버리고 나머지 한 손을 그 녀석의 명치에 '꺽' 소리가 나도록 찔러넣어주는 것은 쉬웠다. 그 녀석은 칼을 떨어뜨리고 상체를 앞으로 숙이며 고꾸라졌다. 어떻게 행동해야 할지 모르고 엉거주춤하고 그 옆에 서 있던 아줌마와 앉아 있던 할아버지의 얼굴은 더욱더 희어졌다. 나는 어깨 너머로 내가 앉아 있던 자리를 흘끗 바라보았다. 다행히 그 자리는 아직 비어 있었다. 나는 아직도 상체를 펴지 못하는 녀석의 귀에 속삭였다.

"네 녀석이 아무짝에도 소용없는 시덥잖은 의협심을 발휘했다는 게 내 비위를 건드린 게 아냐. 너는 너무 오랫동안 그놈의 칼을 똑딱거렸다구. 시끄러웠어. 어때, 소리나는 칼 같은 건 아무짝에도 소용이 없는 걸 알겠지?"

땡그랑, 귀익은 소리가 나기 시작했다. 사그락거리는 소리도 났다. 나는 아무 말 않고 허리를 굽혀 바닥에 떨어진 돈을 줍기 시작했다. 그 녀석의 시건방진 행동을 혼내주었으면 하고 생각하고 있던 사람은 많았던 모양이었다. 나는 허리를 굽혀 그 돈을 하나하나 주웠다. 정작 내게는 아무짝에도 소용없는 공감의 표시들을. 그러나 내 생활비를 충당해줄 수 있는 돈을. 그리고 나는 내 자리에 돌아와 앉았다. 아무리 어리다고는 해도, 녀석은 이 차칸 안에서 내게 다시 덤빌 용기는 내지 못할 것이다. 내가 내릴 역은 멀지 않다. 나는 안심하고 눈을 감았다.

"용감하셨어요."

나무 잎사귀가 사그락거리는 것 같은 작은 속삭임, 속삭임이 내 귀로 흘러들어왔다. 휴식을 방해하는 뻔뻔한 속삭임에 나는 다시 눈을 떴다. 옆에 앉아 있었던 창백한 여자애가 얇은 입술을 움직여 내게 말하고 있었다. 나는 대꾸를 안 하고 눈을 감았다. 여자애가 다시 말했다.

"용기를 보이고, 그 용기를 과시하지 않는 사람은 용감한 사람이에요. 정말 용감하셨어요. 그냥 제 찬사로 받아주세요."

정말로, 그때 내가 그 여자애의 따귀를 왜 갈기지 않았는지는 알 수 없다. 나는 폭력을 행사함에 있어서 남녀를 가리는 사람은 아니었다. 평소 같으면 그 여자애처럼 추근거리는 애라면 따귀를 갈기고도 남았다. 아마 내가 누이동생의 죽음을 맞아 세상의 고난을 겪고 살아가는 여자들에게 관대해졌는지도 모를 일이다. 아니면 단지 내가 내려야 할 남부터미널역이 얼마 안 남았다는 자각에서 비롯했는지도. 나는 그 상황에서 할 수 있는 한 성심성의껏 대답해주었다.

"난 그저 내 신경을 건드리는 물체를 벽에 던졌을 뿐이오. 난 내 잠을 방해받기 싫었으니까. 자, 알았으면 이제 쓸데없는 찬사 따위는 그만해줘요. 난 남부터미널역에서 내려야 해요."

나는 그걸로 모든 문제가 해결된 줄 알았다. 앞에서 아직도 헉헉대고 있는 어린 남자애도, 옆에서 나뭇잎처럼 사그락거리는 소리로 속삭이는 여자애도, 창백한 얼굴로 앉아 있는 할아버지도, 역시 창백한 얼굴로 서 있는 아주머니도.

그것은 내 착각이었다. 물론 나는 문제 없이 남부터미널역에서 내렸다. 신사역에서 남부터미널역까지는 그리 먼 거리가 아니었다. 그러나 문제는 그 여자애도 따라 내렸다는 것이었다. 더구나 내가 한 방 먹여주었던 그 남자애도. 나는 개찰구 쪽으로 걸음을 빨리했다. 나는 그때까지만 해도 그것이 내 인생과 어떤 관계가 있을 수 있으리라고는 생각하지 않았다.

"저, 잠깐만요."

뒤에서 무시할 수 없을 정도로 커다랗고 새된 목소리가 들려왔다. 나는 뒤를 돌아보았다. 그러지 말았어야 했다. 초록색 원피스를 걸친 여자애는 바삐 뛰어와 내 곁에 섰다.

"그 할아버지와 아줌마를 대신해서, 감사하다는 말씀을 드리고 싶어요. 괜찮겠지요?"

내 눈은 그리 나쁜 편이 아니다. 나는 그 뒤에 서 있는, 아까 내가 한 대 갈겨주었던 남자애를 발견했다. 이때 상식을 가진 사람이 할 수 있는 생각이라면 뻔하리라. 나는 그 여자가 아까의 그애와 한 패거리로서, 그애가 내게 한 방 도로 먹여주고 내 주머니에 들어간 돈을 빼앗아갈 수 있는 기회를 마련하기 위한 바람잡이가 아닌가 하는 생각이 들었다. 내 몸은 본능적으로 긴장했다. 그 긴장을 풀지 않으며 나는 물었다.

"그 할아버지나 아줌마랑 무슨 관계 있어요?"

"아, 아뇨. 하지만, 인류가 보여준 어떤 선의에 대해서 인류의 한 구성원으로서 감사하는 일이 이상한가요?"

여자애는 까만 눈동자로 나를 올려다보며 물었다. 내 누이동생은 창백한 갈색 눈동자였다. 여자는 섬뜩할 정도로 까만 눈동자를 또록거리고 있었다. 나는 그 눈동자 속에서, 내가 가장 읽기 무서워했던 섬뜩함을 읽었다.

내가 가장 외롭고 흔들거릴 수밖에 없는 때에 그녀에게 그 질문을 한다는 것은 무서웠다. 그러나 나는 그 질문을 입 밖에 내고야 말았다.

"당신, 설마…… 갈 곳이 없는 거요?"

여자애의 얼굴이 한 순간에 확 붉어졌다. 그것은 활기 없는 아줌마들이 체면의 궁지에 몰려 붉어지는 것 같은 그런 검붉은색이 아니었다. 그녀의 얼굴은 가을날의 잘 익은 석류처럼 번쩍이며 붉어졌다. 동시에 여자의 목소리도 바뀌었다. 여자는 여왕처럼 당당하고 도도한 목소리로 말했다.

"네. 그렇다고 내가 당신에게 같이 있을 곳을 구걸한다고 생각해요?"

정말로 솔직담백한, 외교적인 수사라고는 하나도 없는 그 질문에, 이번에는 내 얼굴이 붉어졌다. 나는 뺨의 섬세한 모세 혈관들이 확장되는 것을 절절히 느낄 수 있었다. 내가 무슨 말을 하기 전에, 다행히도 여자애가 자신의 말을 이어 말했다.

"내가 갈 곳이 없는 건 사실이에요. 당신을 따라 내린 것도 사실이구요. 하지만 난, 어디로 가야 할지 모르는 상황에서라도 당신에게 감사를 표하고 싶었어요. 당신은 내가 치사하게도 감사를 저당잡아 당신에게 있을 곳을 구하리라고 생각했나요? 가진 게 없는 사람은 감사라는 감정마저도 표할 수 없다고 생각하나요? 난 세상사에 서툴러요. 하지만 난 그런 게 세상사라고는 생각하지 않아요. 그래요, 난 갈 곳이 없어요. 하지만, 당신이 느끼고 있었던 부담을 안 이상, 당신과 같이 있고 싶은 마음은 추호도 없어요."

말을 마친 여자애는 몸을 돌려 걸어가기 시작했다.

나는 화가 났다. 이번에는 내가 그 여자애의 어깨를 우악스럽게 잡았다. 여자애는 몸을 돌려 나를 쳐다보았다. 여자애의 검은 눈동자를 대하자, 갑자기 할말이 사라졌다. 나는 더듬거리며 말했다.

"나, 나는 그런 뜻으로 말한 건 아니었고…… 당신은 더 이상 도피할 곳이 없다는 상황을 면죄부처럼 사용합니까? 난 지금 방금 그런 사람을 하나 보내고 오는 사람이오. 당신이 좋다면 내 집에 있어도 좋아요. 거지 같은! 난 내가 벌어서 살고, 누구에게도 빚진 게 없는 사람이오. 그런데 어떻게 당신 같은 사람이 내게 그렇게 당당하게 말할 수 있지? 당신은 어차피 누구에게 의지해야 하는 사람이 아니오? 혼자 살 자신이 있어요?"

그때 만약 여자애의 표정이 풀리지 않았다면 내 인생은 완전히 달라졌을 것이다. 봄을 맞은 얼음덩이처럼 여자애의 표정이 풀리기 시작하는 것은, 사람 표정을 읽는 법을 모르는 문외한의 눈에도 보일 정도였다. 맨 처음에는 눈길이 풀렸다. 그 다음에 눈가의 긴장된 근육이, 그 다음에 볼에 붙은 근육, 그 다음에 입가에 조금씩 미소가 떠올랐다. 마침내 여자애가 웃었다.

"아니에요. 그렇게 화내시라고 말한 건 아니었어요. 단지 잠시 제 감정이 복받쳐올랐기 때문에…… 그렇게 심각하게 받아들이시리라고는 생각하지 않았어요."

잠시 우리는 침묵을 지키고 있었다. 표를 끊으러 가는 사람들과 개찰구로 들어가는 사람들이 수상쩍다는 듯이 우리를 힐끔힐끔 쳐다보았다. 잠시 후 여자애가 말했다.

"미안해요. 예의를 갖추어서 말할게요. 전 지금 들어가 살 집이 없어요. 같이 살아줄 만한 친구나 친지도 없고요. 제가 혼자 있을 집을 구할 동안만이라도, 저를 받아들여주시겠어요?"

어떤 감정이 내게 치솟아올랐는지는 모를 일이다. 나는 고개를 끄덕였다. 한때라도 내게 어떤 감정을 불러일으켜준 여자애가 드물었기 때문이었을지도 몰랐다. 한밤중, 쓸쓸해진 거리를 헤매다 술집에서 만나 농담을 주고받는 그런 여자애들과는 다른 여자를 만나고 싶다는 그런 희구였을지도 모른다. 아니면 단지 어떤 사람, 실내 온도를 조금이라도 상승시켜줄 수 있는 한 생물을 내 집에 들여놓고 싶다는 욕구였을지도 모른다. 빌어먹을! 내 매부가 되는, 그 씨팔 술주정뱅이 자식은 지상의 천사를 자기 집에 들여놓는 사치를 누렸다. 그렇다면, 내가 외로움을 느끼지 않을 수 있는 살아 있는 가구를 집에 들여놓는 것이 어떻게 죄악이 될 수 있겠는가. 나는 열렬히 고개를 끄덕였다. 여자애가 생긋 웃었다.
"고마워요. 제 이름은 여신(如信)이에요. 윤여신."
"여신(女神, Goddess)?"
"네."
"저도 좀 데려가주세요, 형."
 내가 전혀 염두에 두지 않고 있던 목소리가 울렸다. 우리 둘은 고개를 돌려 남자애를 쳐다보았다. 머리를 빡빡 깎고 헐렁한 티셔츠를 걸친 녀석은 겸연쩍게 씨익 웃어보였다.
"아까, 미안했어요. 제가 너무 잘난 척했어요. 형은 진짜 프로죠? 형은 칼에 하나도 겁먹지 않던데요. 사실 저도 테러리스트 지망이에요. 형 같은 고수가 같은 칸에 있는 줄 알았으면 그러지 않는 건데."
"시끄러워."
 다음에 이어질 말이 어떤 말인지 왠지 알 것 같아서, 나는 녀석의 말을 막아버렸다. 그러나 녀석은 굽히지 않고 줄줄 이야기했다.
"저도 테러리스트가 되고 싶어요. 그런데 어떻게 하는 건지 알 수가 없는 거예요. 그러니까 저 혼자 까불 수밖에 없는 거 있죠. 형은 어떻게 하면 테러리스트가 되는지 알고 계시죠? 좀 가르쳐줘요. 귀찮게 안 할게요. 형이 하라는 대로 심부름도 할 테니까, 네?"

나는 망연한 얼굴로 녀석을 쳐다보았다. 아직도 이런 녀석들은 잔존하고 있었다. 젊은 혈기와 영웅심에 들떠 일생을 결정하려는 녀석들. 나는 녀석의 뺨을 한 대 갈겼다. 아주 짧게, 손에 살이 묻었다가 다시 떨어져나가는 느낌이 왔다. 녀석은 어리벙벙한 얼굴로 서 있었다. 자기가 당한 일이 무엇인지 깨닫지 못하는 얼굴이었다. 그 멍청한 얼굴에 대고, 나는 내가 할 수 있는 한 명확하게 말해주었다.

"테러리스트는 직업이 아냐. 남한테 권장할 만한 일도 못 돼. 그 따위 생각 하지 말고, 어서 꺼져. 넌 어느 똘마니 밑에 붙어서 테러리스트가 될 꿈을 키우다가 깡패가 되겠지. 하지만 네 희망 사항은 나랑 아무 상관도 없어. 다른 놈을 찾아봐. 귀찮게 굴지 말고."


2


지금 생각하면 그것은 참으로 조악한 만남이었다. 사회적이고 문화적인 만남의 관습이라는 것이 존재한다면, 우리가 만난 것은 가장 있을 법하지 않고 거칠고 삐걱거리는 만남이었다. 그러나 세상에는 그런 만남들이 존재한다. 그런 종류의 만남이 사람의 일생을 바꿔놓기도 한다.

내가 그애를 그렇게 만났다고 누가 나를 탓할 것인가? 생각해보면 내가 세상과 만난 방법도 그애와의 만남과 하나도 다를 것 없이 거칠고 조악했다. 어쩌면 그것은 테러리스트라는 딱지를 붙이고 살아가는 사람들이 거치는 통과 의례 같은 것인지도 모른다. 그렇게밖에 세상을 만나지 못한 사람들이, 정교하고 세련되게 세상과 접하고 살아가는 사람들에 의해 테러리스트라고 불리는 것인지도 모른다. 그런 명칭은 중요하지 않다.

아니, 그런 명칭은 중요하다. 사람들은 세상에 보이는 모습대로 살아가니까. '다른 사람에게 보이는 나'와 '진짜 나'를 칼로 자른 듯이 구분할 수 있는 사람은 없다. 그러므로, 어떤 사람이 어떻게 불린다는 것, 그것이 그 사람을 규정해버린다. 거기에 대해 누가 뭐라고 말하겠는가. 세상은 그런 것일 뿐이라고 생각하며 살아가는 것이 최선이다.

나는 아주 어렸을 때부터 테러리스트 기질이 있다는 말을 듣고 살아왔다.

우리 아버지—나는 이미 돌아가셨을 아버지를 우리 아버지라 부른다. 아버지의 기억은 조각조각으로 나뉘는데, 그 각각이 나와 내 동생에게 유산처럼 나뉘어 있기 때문이다. 우리가 어렸을 때 돌아가신 것이 확실한 어머니의 기억은 어슴푸레하게밖에 떠오르지 않기 때문에, 어머니는 어디에 소속되는지 잘 알 수 없다. 아마 어머니는 주로 아버지의 어머니, 즉 '그의 아내'였을 것이다. 하여간, 우리 아버지는 술주정뱅이였다.

우리가 자랄 때는 가난한 사람들, 특히 남자들이 술에 취해 있는 것이 그리 특별한 일은 아니었다. 그래서 집에 들어올 때면 아버지는 늘 술에 취해 있었다. 가만있자, 그것을 집이라고 말할 수 있을까? 우리는 홀로 되신 이모와 함께 살았다(물론 나와 내 동생 말이다. 아버지는 도대체 '살았다'고 말할 수가 없었다). 이모는 우리 아버지를 지긋지긋하게 싫어했지만, 돌아가신 어머니와는 우애가 돈독한 자매였다고 한다. 어머니가 아버지와 결혼하는 것을 말릴 수 없었던 단 하나의 이유는 이모가 젊었을 때 술집에서 일했기 때문이라고 한다. 아버지와 결혼할 당시, 어머니는 '가난하되 올바르게 살아야 한다'는 강박관념에 사로잡혀 있는 처녀였고, 그런 어머니의 눈에는 아버지가 술을 좀 마시기는 해도 행실거지 깨끗한 청년으로 보였던 모양이었다. 이모는 첫눈에 보자마자 아버지가 알코올 중독이 되리라는 것을 알아차렸지만, 자신이 보아온 사람들을 말하며 어머니를 설득하려는 이모에게 어머니는 '언니가 보고 산 게 그래서 그렇지' 하고 쏘아붙였다고 한다. 그러나 결혼 후 아버지는 이모의 예측대로 점점 술에 빠져갔고, 이모는 어머니가 죽은 이유가 아버지 때문이라고 확신했다. 그래서 어머니가 죽은 후에 이모는 한참 아버지와 내왕을 끊었는데, 어느 날 죽은 어머니가 나타나 눈물을 흘리는 꿈을 꾸고 와 보니 반벌거숭이에다가 머리에 까치집을 지은 애 둘이 쫄쫄 굶고 앉았더란다. 이모는 동생 새끼들이 그렇게 살아가는 꼴을 차마 눈뜨고 볼 수가 없어 집에 데려와 씻기고 먹였는데, 그렇게 얼마간 살다 보니 아버지가 슬그머니 빌붙어 앉았다는 것이다. 하여간 이모 말은 그랬다.

우리는 이곳저곳 자주 이사를 다녔는데, 주로 허름한 단독주택의 지하실이나, 차고를 개조해서 만든 반지하방 사이를 철새처럼 날아다녔다. 처음 이사를 가면 이모는 반드시 이모 방 문과 자물쇠를 새로 해 달았다. 말로는 자기가 파출부 일을 나간 사이 이놈의 새끼들(나와 내 동생을 가리킨다)이 자잘분한 물건을 훔쳐갈까봐 그런다고 했지만, 실제로는 아버지가 문을 부수고 들어와 자신을 강간할까봐 겁내고 있었다. 아버지는 충분히 그럴 수 있는 사람이었다. 흘러간 탤런트부터 갓 등장한 가수들까지, 아버지는 연예인들, 특히 여자 연예인들의 가십을 상세히 기억하고 있었다. 누구와 누가 붙어먹었다 떨어지고, 누구는 부자들한테 수백 번 몸을 굴려먹은 걸레고, 누가 누구랑 바람을 피우니 그 마누라 누구도 질세라 누구랑 맞바람을 피웠대더라. 지금 들어도 머리가 어질어질해지는 그 복잡한 계보를, 우리를 앞에 앉혀 놓고 깡소주를 마셔대며 늘어놓았다. 지직거리는 낡은 흑백 티비로 미스코리아 선발대회를 보며 술을 마실 때는 눈이 게슴츠레해지며 입 귀퉁이가 이지러지는 웃음을 질질 흘렸다. 그러니 이모가 이사할 때마다 이모 방문을 새로 해 달았던 것도 탓할 일은 아니다. 그러나, 이모는 그 절차만 끝나면 집 단장이 모두 끝났다고 생각하는 것이 문제였다. 벽지에서 곰팡이가 나건 말건, 빨지 않은 옷이 폭폭 썩어 쉰내를 진동시키건 말건, 일단 문을 잠그고 들어앉은 이모에게는 신경쓸 일이 아니었던 것이다. 아버지가 만취한 채 한밤중에 문을 쾅쾅 차대서 쫓겨난 집이 더 많을까, 이모가 방을 다 썩혀서(집주인들의 표현이다) 쫓겨난 집이 더 많을까. 나와 내 동생은 그런 것에는 신경쓰지 않았다. 적어도 어렸을 때는.

우리가 살아가는 삶이 정상적이라고 보기 어려운 삶이라는 것, 대부분의 사람들에게 경멸받거나 동정받는 삶이라는 것을 내가 깨달은 것은 초등학교 2학년 때 정도였다. 그때 나는 나름대로 세상을 받아들이고 사는 방법을 익혀가던 도중이었다. 예를 들어, 내 몸에서 냄새가 난다고 애들이 얼굴을 찡그리며 피하는 것을 보면서 나는 묘한 자존심을 세우고 있었다. 그것은 이모가 가끔 나나 동생을 보며 '에그, 어쩌면, 에미가 없어서 저렇지' 하고 한숨짓는 것을 들을 때 느끼는 쾌감과도 관련되어 있었다. 어차피 어머니의 기억은 가물가물한 것이었고, 내가 기억할 수 있는 한 어머니는 늘 시름시름 앓아누워 있었다. 내가 느낀 자존심은 결핍의 자존심이었다. 나는 '엄마가 없는 아이'기 때문에 다른 아이들과 다르며, 다른 것이 당연하다고 하는 것이 내 자존심의 근거였다. 다른 아이들은 수없이 이 세상에 널려 있는 부모 있는 아이들에 지나지 않았고, 나는 그 중에서 특별한 '어머니 없는 아이'였던 것이다. 그 자존심이 무너진 것은, 4월인가 5월쯤 학교에서 불우이웃돕기 성금을 걷었을 때였다.

불우이웃돕기 성금을 걷는 전날, 나는 이모가 돈을 주지 않을 것을 알면서도 이모에게 그 이야기를 꺼냈었다. 이모는 물론 일언지하에 거절했다. 거절? 그건 너무 점잖은 단어다.

"요즘 애새끼들은 돈 무서운 줄을 모른단 말야. 야, 이

꼬마 망나니 새끼야, 불우 이웃은 우리가 불우 이웃이다! 뉘 손에 갈지 알고 돈을 내냐? 가서 선생한테, 난 돈 없으니 그 돈 나한테 주쇼, 그래!"

나는 그때 초등학교 2학년이었다. 이모가 툴툴거리면서도 사준 공책에 꼬박꼬박 숙제를 해가야 하는 줄로만 알고 있던. 학교에 가서도 가슴이 계속 뛰었던 걸로 기억한다. 마침내 불우이웃돕기 성금을 걷었고, 나는 낼 수가 없었다. '아직 불우이웃돕기 성금을 안 낸 사람?' 하고 담임이 묻는 시간이 오고야 말았다. 나는 쭈뼛거리며 손을 들었다. 나말고도 몇 명 더 있었다. 담임은 손을 든 아이들을 흘끗 바라보더니, '안 낸 사람은 내일까지 교무실로 와서 내도록 해요!' 하고 말했다.

물론 나는 낼 수가 없었다. 그렇게 하루가 지나고 이틀이 지나고, 담임이 계속 독촉을 하다가 어느 날 그 이야기를 하지 않는 날이 왔다. 그때쯤에는 내 양심도 많이 무뎌져서, 담임이 잊어버렸으니 잘됐다고 기뻐할 지경이었다. 나는 다른 아이들이 모두 교무실로 찾아가 돈을 냈으리라고는 생각도 못 했다.

그리고 그 일을 잊어버렸다. 시간은 흘러갔다. 한 달에 한 번쯤 보는 시험을 보았던 것 같고, 성적이 그럭저럭 잘 나와서 담임에게 칭찬받았던 기억이 난다. 그때 담임은 지금 내 나이쯤 되는 여자였는데, 늘 밝은 색 옷을 입고 다녔었다. 어린 눈으로 보아서 그런가, 꽤 예뻤던 것 같다. 그런 담임이 내게 살짝 눈웃음을 지으면서 '민규는 공부 열심히 하네. 계속 열심히 해요' 하고 말해주었다. 지금 같으면 코웃음을 쳤겠지만, 그때는 의기양양했었다.

그리고 월말이 왔던 것이다. 늘 지겨운 종례 시간이었다. 곧 집에 간다는 생각에 들뜬 애들은 학교 끝나면 무슨 TV 프로그램을 봐야 하고 뭘 해야 한다고 쑥덕쑥덕거리고 있지만, 나는 집에 가서 무엇을 해야 할지 늘 막막했다. 숙제를 받아적고, 숙제 잘하고 부모님 속썩이지 말라는 설교를 건성으로 귀에서 흘리고 있었다. 그럴 만하지 않은가? 내 속을 썩이는 건 우리 아버지 쪽이었으니까. 항상 술에 취해 눈이고 얼굴이고 벌겋게 달아있는 우리 아버지를 여기에 데려와서 나 대신 앉혀놓고 선생님 말씀을 듣게 하면 어떨까 하는 생각에 잠겨 있었는데, 갑자기 담임이 내 이름을 불렀다.

"정민규!"
"네?"

나는 깜짝 놀라 벌떡 일어났다. 딴생각을 한다고 야단이라도 치려나, 지금 한 말을 다시 얘기해보라면 어쩌지, 하고 있는데, 그때 선생이 바로 그 말을 했다.

"여러분들은 불우이웃돕기 성금을 내면서 이게 어디에

쓰일까 하고 있었지요? 여러분들의 성의가 한 친구를 도왔어요. 여러분들이 낸 돈 조금씩을 모으니까 3만 원이나 되는 큰돈이 되었거든요. 여러분들 성의를 반장이 대표로 민규에게 전달하기로 하겠어요."

머리가 멍하고 귀가 윙윙 울리기 시작했다. 내가 지금 잘못 들은 건가? 내가 '불우 이웃'이었단 말이지? 반장이 쑥스러운 듯 들고 오는 하얀 봉투는, 손을 내밀어 잡으면 사라져버릴 환각인 것만 같았다. 그러나 반장은 한 걸음 한걸음 내게 다가와 봉투를 내밀었다. 나는 엉겁결에 그것을 잡았다. 날카로운 박수 소리가 쏟아졌다.

그때부터 나는 초등학교 2학년이 아니었다. 나는 학교에 소속된 학생이 아니라 '불우 이웃'이었다. 그때, 나는 내가 학생이라는 어리석은 생각을 버리고 이모의 세계관을 하나 남김없이 받아들였다. 이모 말이 맞았다. 학교에서 걷는 모든 돈은 '빈대 등쳐먹는 수작'이고, 세상에 믿을 놈 하나 없으며, 이 썩어빠진 세상에서는 무슨 일을 당할지 모르니, 제 몸 챙길 만큼 챙긴 다음에는 남 생각한다고 참지 않고 제 성깔 부리고 사는 게 남는 장사였다. 착한 것, 진실한 것, 아름다운 것은 이 세상에 존재하지 않았다. 남아 있는 것은 오로지 치욕과 더러운 거짓말뿐이었다. 내가 학생이라구? 그거야말로 거짓말 중에 상거짓말이었다. 교실에 들어차 있는 사람들 중에서 나와 상관 있는 사람은 아무도 없었다. 그런 생각이 어지럽게 오가고, 위는 구역질을 할 것처럼 뒤틀리고 있었다.

내가 너무 오래 멍하니 서 있었나 보다. 박수 소리의 마지막 여운이 사라지고도 내가 앉을 기미를 보이지 않자, 짝이 슬그머니 내 손을 잡아당겼다. 그 손길에 내 몸은 저절로 자리에 앉았다. 담임이 계속해서 뭐라고 말하고 있었지만, 내 귀에는 하나도 들어오지 않았다. 나는 무의식적으로 책에 봉투를 끼워넣었고, 종이 울리고 애들이 교실을 나가기 시작하자, 나는 누구에게도 지지 않을 기세로 맹렬히 뛰어나갔다.

반장 집에는 전에 한 번 가본 적이 있었다. 반장이 왜 나까지 초대했는지는 알 수 없었다. 반장의 어머니는 얼굴이 희고 둥근 분이었다. 다른 아이들이 반장에게 선물을 하나씩 주는 동안, 나는 빈손을 등뒤에 감추고 있었다. 그래도 반장의 어머니는 내게 케이크가 가득 담긴 접시를 주었고, 잡채도 듬뿍 담아주었다. 모두 이전의 일이었다. 내가 다른 존재가 되기 이전.

나는 숨을 죽이고 기다렸다. 얼마 지나지 않아 반장이 아파트 모퉁이를 돌아오는 게 보였다. 나는 전속력으로 뛰어 반장의 어깨를 온몸으로 밀었다. 의외의 습격을 받은 반장은 아스팔트 바닥에 나둥그러졌고, 나는 잽싸게 반장의 가슴 위에 올라타고 머리카락을 움켜쥔 채 있는 힘을 다해 반장의 머리를 아스팔트에 짓찧었다. 얼굴과 어깨도 주먹으로 마구 때렸다. 그러면서 나는 계속 신음하듯 큰 소리로 울부짖었다. '이 새끼야! 씨발 이 새끼야! 이 새끼야! 이 새끼야!' 다른 말은 머리에 떠오르지도 않았다. 금세 반장의 얼굴이 하얘지며 코피가 번졌다. 하얀 얼굴에 흐르는 피를 보자 조금 마음이 진정되었고, 약간 겁도 났다. 나는 줄행랑을 쳐버렸다.

다음날 반장은 학교에 결석했다. 그 다음날도. 며칠 후 반장은 머리에 붕대를 감고 나타났다. 반장이 진짜로 아무 말도 하지 않았는지, 아니면 바로 전날 성금을 전달하고 그 다음날 야단을 칠 수는 없다고 담임이 생각했는지, 그 일은 침묵 속에 넘어가버렸다. 반장은 아이들에게, 계단에서 넘어졌다고 말했던 것 같다.

그 일에서 한 가지 화려했던 추억이 있다. 성금을 받았던 날, 나는 동생을 불러내어 그 3만 원을 흥청망청 썼다. 우선 근처 분식집에 데리고 가서 떡볶이와 만두를 먹었고, 구멍가게에서 빵을 사서 있는 대로 가방에 채워 넣었고, 동생에게 예쁘고 깨끗한 옷을 사주었다. 나는 새 옷을 사지 않았다. 나는 이제 '불우 이웃'이니까. 그러나 동생에게는 옷을 몇 벌이나 사주었다. 의심스러운 눈으로 바라보는 가게 주인이 있으면 '엄마가 바쁘시다고 동생 옷을 사오랬어요.' '엄마는 일 나가요' 하고 둘러댔다. 초등학생으로서 할 수 있는, 아니 그 이상의 사치를 누린 셈이다. 결국 그날 배가 터지게 먹어대고 돌아다녔던 우리는 저녁때 아픈 배를 움켜쥐고 번갈아가며 화장실을 들락거렸다.

그렇고 그런 일들이 겹쳐, 초등학교 6학년 때엔 나는 완전히 폭력적인 아이가 되어 있었다. 그리고, 그때 정민이 형을 만났다. 시간과 우연이 계속 뒤틀리고 겹치는 가운데 사람을 만나게 된다는 것은, 가끔은 황홀한 일이고 가끔은 끔찍한 일이다. 한 사람과의 만남에 그 황홀함과 끔찍함이 겹쳐 있는 수도 많다. 정민이 형과의 만남도 그런 것이었다. 정민이 형은 내게 찬란하게 다가왔고, 실망의 어두운 그림자를 던지며 내 인생에서 떠나갔다. 나는 아직도 그 만남이 다행인지 불행인지 알지 못한다. 내가 말할 수 있는 것은, 그 만남이 없었으면 나는 지금의 나와는 다른 존재가 되어 있으리라는 것뿐이다.

나중에 커서 알고 보니 우리 초등학교는 재개발 지역의 아이들과 갓 들어선 아파트 지역의 아이들이 1 : 2 정도로 섞여 다니는 곳이었다. 그러나 그때 재개발이 뭔지, 왜 한때 집이거나 공터였던 곳에 어느 날 갑자기 아파트가 들어서는지 제대로 인식하고 있는 아이들은 거의 없었다. 그러나 그것이 아이들의 생활에 영향을 미치지 않았던 것도 아니다. 남루한 옷을 입고 다니고 장난이 심하고 숙제도 제대로 해가지 않는 재개발 지역 아이들과, 깔끔한 옷을 입고 공부를 열심히 하는, 착한 아파트 아이들과는 늘 차이가 났다. 결국 재개발 지역 아이들은 자기네끼리 뭉치고 놀러 다니게 마련이었다. 그러나 내게는 그것도 해당 사항이 없었다. 나는 늘 혼자 다녔다. 혼자 다니며 아이들에게 삥을 뜯었고, 오락실에 갔고, 거리를 배회하다 가전제품 대리점 앞에서 멍하니 TV를 보았다. 나는 어디에도 속하지 않았다.

학교에서도 마찬가지였다. 그때 나는 이미 선생들이 야단치기보다는 내버려두는 아이였다. 아파트 아이들은 아파트 아이들대로, 재개발 지역 아이들은 재개발 지역 아이들대로 슬슬 이성에 눈떠 누가 누구를 좋아하느니 떠들어대도 나는 무관심했다. 만사에 무관심하고, 누가 자신을 건드리면 언제나 받아칠 준비가 되어 있는 아이에게는 약점이 없다. 아이들은 나를 경원했고, 선생들은 나를 보면 혀를 차거나 그 자리에 아무도 없는 것처럼 투명한 눈길을 주고 지나갔다. 나는 나름대로 그 상황을 잘 받아들이고, 어쩌면 즐기고도 있었다. 학기초의 가정환경 조사서니 뭐니 하는 귀찮은 절차만 넘기면 그때부터 나는 자유였다. 숙제를 안 해간다고, 준비물을 안 갖고 간다고 내게 뭐라고 하는 사람은 없었다. 그러나 그 자유는 어떤 사람이 무엇인가 생산적인 일을 할 수 있도록 만들어주는, 공기나 물과 같은 자유가 아니라, 인간의 내면에서 모든 것을 박탈하고 황폐화시키는 메마르고 미친 바람 같은 자유였다. 나는 자유로웠다.

자유롭다고 생각했던 것은 나만의 착각이었는지도 모른다. 선생들은 빨리 나를 졸업시키기만 바라고 있었고, 아이들은 호시탐탐 내 약점만 노리고 있었다. 그러나 내가 칼을 가지고 다닌다는 소문은 이미 전교에 퍼져 있었기에, 나를 함부로 건드리는 놈은 없었다. 부엌에서 훔쳐와 반들반들하게 날을 갈고, 책가방 속에 숨겨가지고 다니는 작은 식칼, 이것이 있는 한 나는 무적일 수 있었다. 어리석게도 나는 그렇게 생각했다.

내가 경계했어야 할 아이들은, 어쩌면 나와 빈곤의 혈연으로 더욱 가까울 수 있는 재개발 지역 아이들이 아니었다. 슬슬 자라가던 그 어린 들개들은 나름대로 내 영역을 인정해주었다. 나도 그네들을 건드리는 일은 없었다. 그애들을 건드려봐야 뭐 하나 나오는 게 없었으니까. 그러나 아파트 아이들은 달랐다. 반들반들한 털에 순진한 얼굴을 하고 있는 그 여우들에게는 내가 귀찮고 두려운 존재였을 것이다. 아파트 아이들은 대체로 하얀 얼굴에 깨끗한 옷을 입고 있어 재개발 지역 아이들의 버짐 핀 얼굴과 쉽게 구별할 수 있기 때문에 더욱 그랬다. 그런 아이들이 내 표적이었다. 나는 주로 나보다 어린 아이들의 황금털을 뽑아댔지만, 때로 걸리는 게 없을 경우엔 같은 학년도 마다하지 않았다. 여자 아이도 상관없었다. 오히려 여자 아이가 더 편했다. 여자 아이들은 내가 다가가기만 해도 온몸이 얼어붙은 채 눈물을 글썽거리며 달라는 대로 돈을 다 내놓았다. '너, 돈 잃어버렸다고 해! 누가 가져갔다 그러면 죽어!' 이 한마디, 그리고 손에서 번뜩이는 칼. 그 정도면 모두 해결되었다. 그러나 만사가 순조롭게 되어가지만은 않았다. 어느 날 그 일이 터진 것이다.

그래서 나는 정민이 형을 만날 수 있었다.

그 며칠 전 저녁, 아버지는 언제나처럼 술에 취해 들어왔다. 아버지의 기운도 쇠했는지, 아니면 아들 녀석의 근육이 점점 붙어오고 키가 커지는 것을 알아차린 것인지, 그때쯤엔 아버지는 우리를 별로 때리지 않았다. 옛날 어떤 미친 자식은 어머니가 때리는 힘이 약해졌다고 엉엉 울었다지만, 나 같으면 나를 때리는 어머니 따위는 땅에 내팽개쳤을 것이다. 맞는 것은 지긋지긋했다.

아버지의 걸음걸이는 전형적인 취객의 걸음걸이였다. 비틀거리며, 이 벽에 몸을 부딪쳤다가, 다시 비틀거리고, 저 벽에 몸을 부딪쳤다. 그래서 아버지가 들어오는 것은 금세 알 수 있었다. 아버지가 문 가까이까지 오면 얼른 문을 열어야 했다. 그렇지 않으면 있는 힘을 다해 문을 발로 차대거나 문 앞에 쓰러져 잠들어버리니까. 나는 얼른 문을 열었다. 그런데 아버지의 모습이 평소와는 달랐다. 뭔가를 소중하게 가슴에 안은 형상이었다.
"그게 뭐예요?"
"개새끼다. 길가에 있데. 복날 잡아먹을까 하고."
 아버지는 조금 쑥스러운 듯한 얼굴로 말했다. 항상 취해 풀어져 있는 그 얼굴에 쑥스러움이라는 '감정'이 깃들일 수 있다는 것이 너무나 낯설었다. 나는 처음엔 황당해서 입을 딱 벌렸고, 그 다음엔 아버지가 내 몸을 밀어제치며 강아지를 안고 방으로 들어가버렸기 때문에 아무 말도 할 수 없었다. 마지막으로 동생의 환호성이 내 말문을 아예 꽉 막아버렸다. 동생은 아버지에게 고맙다는 말을 몇 번이나 했고, 아버지는 못 들은 척 소주잔을 입에 털어넣었다. 나는 아무 말도 않고 속을 부글부글 끓였다. 동생은 자기 밥그릇에 밥을 담아 강아지에게 주었다. 말라빠지고 털에 뭐가 잔뜩 묻은 데다 한쪽 눈에 진물까지 질질 나는 그 강아지는 허겁지겁 밥그릇에 코를 틀어박았다.
 그날 밤, 이모도 들어와보고는 입을 떡 벌렸다. 잠시

후, 이모는 아버지에게 거세게 퍼부어대기 시작했다.
"이 화상아, 니가 뭔데 군입을 들여와? 게다가 개새끼? 이 집에서 내쫓기구 싶어 아주 환장을 했구만 그냥. 이름이 같은 세라구 윗집하고 우리하고 처지가 같은 줄 알아? 윗집은 번듯한 집이구, 우리는 차고야 차고! 윗집에서 지금 체면 챙긴다구 집주인한테 우리 욕을 안 해서 그렇지, 우리 욕 한마디만 벙긋하면 주인집이 아무리 미국에 있다지만 우릴 안 내쫓을 것 같애? 니가 나한테 돈 한 푼이라두 보태줬냐? 이사 한 번 할 때마다 돈이 얼마나 깨지는지 알아? 응?"
"어이 썅! 이 씨팔 기집년이, 맞구 싶어?"
아버지는 손을 높이 쳐들었다. 이모는 언제나 하는 방어책을 취했다. 자기 방으로 잽싸게 들어가 그 두꺼운 문을 잠가버렸다. 동생은 방구석에서 강아지를 껴안고 바들바들 떨고 있었다. 강아지도 눈치는 있는지, 가느다란 소리로 끼잉끼잉거렸다. 아버지는 다시 털썩 주저앉아 술을 마시기 시작했다. 그날은 그렇게 지나갔다.
그 후 며칠 동안, 나는 상당히 난폭해져 있었다. 여자애들에게 삥을 뜯을 때도, 얌전히 돈을 내놓지 않으면 옷을 다 찢어버리겠다느니 하는 말을 수시로 해대었고, 여자애들이나 어린애들에게 뺨 한두 대 갈기기는 예사였다. 나도 왜 그렇게 내가 신경이 날카로워져 있는지 알 수 없었다. 동생은 강아지에게 꾸준히 밥을 먹였다. 강아지가 밥을 다 먹으면 밥그릇을 다시 씻어 자기가 밥을 먹었다. 다행히 강아지는 얌전하고 온순했다. 걱정했던 대로 시끄럽게 굴지도 않았다. 얼마 지나지 않아 꼬리를 저어가며 동생을 따랐고, 내 눈치를 보며 슬금슬금 다가와 다리에 몸을 비벼대기도 했다. 동생이 보지 않을 때면 나는 강아지를 걷어차 버렸다. 그러면 낑낑거리며 구석에 처박혔다가, 또 얼마 지나면 내게 다가왔다. 그러나 이상하게도 아버지에게는 다가가지 않았다. 아버지의 몸에서 나는 술냄새는 강아지도 참을 수 없었던가 보다. 아버지는 강아지를 갖다 놓은 다음날부터는 강아지를 거들떠보지도 않았다. 아버지는 매일 어디론가 술을 마시러 나갔고, 동생은 강아지를 돌봤고, 나는 지겨운 하루하루를 보냈다. 아무 의미 없는 나날이었다. 아버지고 이모고간에 6학년이 끝나면 나를 더 이상 학교에 보내지 않을 것이 명백했기 때문에, 나는 이 지겨운 1년이 지나가기만을 바라고 있었다. 그래도 학비를 대준다는 자각 때문이었는지, 이모는 가끔 유세하듯 '초등학교는 졸업해야지, 사내 녀석이' 하고 말했다. 나는 아무 대꾸도 하지 않았으나 속으로는 이모를 차갑게 비웃었다. 초등학교 졸업으로 할 수 있는 일이 아무것도 없다는 것쯤은 그때의 나도 알고 있었다.

그날 나는, 집에 돌아가는 애들 몇 명한테서 삥을 뜯고 오락실에 갔다가 집으로 돌아가던 중이었다. 아버지가 집에 들어오기 전까지는 집에 들어가 있어야 했다. 그렇지 않으면 아버지는 그것을 꼬투리 삼아 동생을 때려댔다. 일단 집에 들어가면, 아버지가 잠들 때까지 몸을 비비틀며 의미 없는 시간을 보내야만 했다. TV도 볼 수 없었고, 다시 밖으로 나갈 수도 없었다. 내가 바라는 건 아버지가 죽는 것뿐이었으나, 그렇게 술을 마셔대면서도 아버지는 쉬이 죽을 것 같지 않았다. 정말 지겨웠다. 나는 그 지겨움의 무게에 눌려, 아버지처럼 비틀거리며 집으로 가는 길에 들어섰다.

집으로 들어가는 골목길에 아이들 몇 명이 서 있었다. 예닐곱 명, 옷차림을 보아하니 재개발 지역 아이들은 아니었다. 갑자기 내 몸이 꼿꼿해졌다. 오던 길을 되돌아가 몸을 숨기고 싶었으나, 그쪽 아이들도 나를 보고 있었다. 그 중 몸집이 꽤 크고 다부지게 보이는 녀석이 내게 손짓했다.

"야, 니가 정민규지? 너 일루 와봐."

"맞아, 쟤가 맞아."

같이 서 있던 여자애가 고개를 끄덕여 확인해주었다. 젠장! 아마 내가 요즘에 삥을 뜯었던 여자애 중 하나일 것이다. 저년이 억울하고 분하다고 제 남자 친구랑 똘마

니들을 끌고 왔다 이거지. 나는 가방을 열어 칼을 천천히 꺼내들었다. 아이들은 주춤하는 표정이었으나 물러나지는 않았다. 여자애가 보고 있기 때문이었을 것이다. 그러나 기세가 한풀 꺾인 것은 확실했다.

그렇다고 전세가 이쪽에 유리해진 건 아니었다. 저쪽은 여자애 빼고 다섯 명, 나는 혼자였다. 달려들어 한 놈을 찌른다고 해도, 나머지 네 놈에게 뭇매를 맞기 십상이었다. 더구나 나도 실제로 칼을 써보는 건 처음이었다. 사람을 찌르는 것에 주저할 것 같지는 않았지만, 내가 찌르는 것이 얼마나 사람에게 타격을 줄 수 있는지 모르는 일이었다. 만약에 내가 휘두른 칼이 그저 허공을 갈라버리거나, 아니면 최악의 경우 저 아이들 중 하나가 죽는다면? 양쪽 다 긴장하고 있었다. 어느 쪽도 감히 움직이지 못했다.

무엇인가 움직이는 것이 있었다. 나는 자세를 흩뜨리지 않은 채, 눈만 슬쩍 옆으로 돌려 살펴보았다. 강아지였다. 아버지가 주워온 그 강아지. 강아지는 내가 드러내놓고 제게 신경질을 내지 않는 것이 반가웠던지, 꼬리를 흔들며 내게 다가오고 있었다. 아이들의 눈도 강아지에게로 쏠렸다.

갑자기 적의가 솟구쳐올랐다. 그것은 아버지에 대한, 이모에 대한, 그 아이들에 대한, 심지어 내 동생에 대한 적의였다. 아버지가, 제가 내질러놓은 새끼들 둘도 추스르지 못하는 아버지가 저 강아지를 주워왔다. 이모는 우리나 강아지나 다름없이 방치해놓고 있을 뿐이고, 동생은 자기와 다를 것 하나 없는 처지의 강아지를 '돌보고' 있다고 착각하고 있다. 나는 강아지에게 손을 흔들었다. 슬금슬금 기어오던 강아지가 내가 손 흔드는 것을 보더니 마구 달려왔다. 나는 천천히 자세를 낮춰 한 손으로 강아지를 안았다. 그리고 강아지의 목에 할 수 있는 한 깊게 칼을 찔러넣었다.

피가 솟구쳤다. 나는 그 작은 몸에서 그토록 많은 피가 나올 거라고는 상상하지 못했다. 강아지는 굉장한 힘으로 몸부림쳤다. 그것이 내 분노를 폭발시켰다. 나는 두 번, 세 번, 셀 수도 없이 강아지를 찔러댔다. 몇 번 더 몸부림치다, 강아지는 축 늘어지고 말았다.

이제 내 앞에 버티고 선 아이들 따위는 눈에 보이지도 않았다. 어떻게 그런 힘이 났는지 알 수 없지만, 나는 있는 힘을 다해 강아지의 뱃가죽을 갈랐다. 만일을 대비해 늘 갈아놓고 다니던 칼은 제구실을 해주었다. 뭐가 뭔지도 알 수 없는 시뻘건 내장이 틈 사이로 드러났다. 나는 칼을 던져버리고 내장을 움켜쥐어 빼냈다. 피에 물든 손 안에서 내장이 번들번들하게 빛났다. 나는 내장을 들고 아이들에게로 다가갔다. 이제 내가 뭇매를 맞거나 말거나 상관없었다. 제일 먼저 다가오는 아이의 그 깨끗한 얼굴에, 옷에, 피칠을 해주고야 말 것이다. 더러운 강아지의 더러운 내장을 얼굴에 뭉개주고야 말겠다.

얼어붙어 있던 아이들 중에, 제일 먼저 큰 소리로 울음을 터뜨린 것은 여자애였다. 그 소리가 퇴각 신호라도 되는 듯이, 아이들은 죽어라고 달아났다. 아직까지 징징 울고 있는 여자애와 그 몸집 큰 녀석만이 꼼짝도 못 하고 서 있었다. 그 녀석은 얼굴이 하얗게 질린 채 입만 멍하니 벌리고 있었다. 나는 천천히, 그 얼굴에 내장을 들이박았다. 강아지의 시체가 아직도 내장 끝에 대롱대롱 달려 있었다.

녀석의 몸은 땅바닥에 무너져내렸다. 내가 강아지 배를 가른 순간부터 녀석의 다리는 완전히 풀려 있었던 것이다. 그래서 도망도 못 갔을 것이다. 나는 녀석의 배를 발로 걷어찼다. 녀석은 배를 움켜쥐며 거의 땅에 닿을 정도로 머리를 웅크렸다. 나는 그 녀석의 머리를 다시 한번 발로 걷어찼다. 그리고 여자애에게 말했다.

"이 새끼 데려가. 니가 여기까지 데려왔지? 그럼 니가 책임을 져야지. 남의 힘으로 뭘 어떻게 해보겠다는 게 얼마나 웃긴 건지 이제 알았어?"

나는 그 녀석의 손을 끌어올려 여자애의 손에 쥐어주었다. 피로 물든 내 손 안에서 여자애와 그 녀석의 손이 하나로 합쳐졌다. 나는 킬킬거리며 녀석의 몸을 일으켜 세워, 둘을 골목 어귀까지 밀어붙였다. 골목 어귀까지 다 오자 다리에 힘이 돌아왔는지, 그 녀석은 훌쩍거리며 느린 속도로 뛰어가기 시작했다. 여자애가 뒤따라 뛰어 가며 같이 가자고 녀석의 이름을 불러대고 있었다. 제대로 험한 꼴을 보지 못하고 자란 주제에 힘만 믿고 와서 깝죽댄 녀석들에게, 그날은 잊지 못할 날이 되었을 것이다.

그리고 제정신이 들었다.

그리고 나도 주저앉았다. 그 미친 듯한 흥분 상태가 지나가고 나자, 내 다리에도 힘이 완전히 빠져버렸던 것이다. 나는 땅바닥에 주저앉아 멍하니 허공만을 바라보고 있었다. 시간이 얼마나 어떻게 지나가는지도 알 수 없었다. 흰 손 하나가 내게 다가와 칼을 내밀 때까지, 나는 그냥 그렇게 앉아 있었다. 흰 손이 말했다.

"다 봤다."

나는 고개를 천천히 들어 내게 칼 손잡이 쪽을 내밀고 있는 흰 손을 올려다보았다. 교복을 입은 중학생 하나가 허리를 구부리고 나를 들여다보고 있었다. 짧게 깎은 머리 위에서 햇빛이 반짝거리고 있었다. 입이 떨어지지 않았다. 나는 후들거리는 손으로 칼을 받았다. 피가 묻어 있는 칼이 생소했다. 중학생이 말했다.

"대단하던데. 넌 테러리스트 기질이 있나 보다. 영화를 보는 것 같았어."

"형은…… 누구예요?"

"내 이름 말이냐? 나는 박정민이라고 해. 근처 친척집에서 반찬거리를 받아가다가 우연히 보게 됐지. 네 이름은?"

"정……민규예요."

 문득 내 이름이 너무나 낯설게 느껴졌다. 정민규? 그것이 아버지에게서 받은 이름이었던가? 나는 강아지를 생각했다. 그 강아지는 아버지 대신 내게 살해당한 것인지도 모른다. 내가 아버지에게서 물려받은 것이라고는 이 이름 하나뿐이다. 아버지를 죽인 다음의 정민규와 그 전의 정민규가 과연 같은 인물일까? 그 둘은 같은 이름을 써도 아무 상관이 없는 것일까? 배의 근육이 떨리며 헛웃음이 새어나왔다. 흰 손이 다정하게 어깨를 두드렸다.

"너 옷 좀 빨아야겠다. 저것도 치워야지. 우리집에 잠깐 갈래? 일단 저걸 같이 치우고, 가서 좀 씻고, 내 옷 맞는 거 있나 보자."

3

　나는 아직도 정민이 형의 집에 처음 갔을 때를 생생하게 기억한다. 정민이 형의 집은 그 신흥 아파트 지역에 우뚝우뚝 솟은 아파트 중 하나였다. 내가 들어갈 때, 수위 아저씨가 수상하다는 듯 내 옷에 묻은 피를 유심히 지켜보았던 일도 기억한다. 그때 정민이 형은 무시하고, 그렇다, 인사도 안 한 채 수위 아저씨를 무시하고 나를 데리고 수위실을 지나쳐버렸다. 나는 잠시 얼떨떨해졌다. 나는 제복 입은 어른을 두려워하지는 않았지만, 무시할 수 있었던 적은 없었다. 학교에 왔다갔다하거나 거리를 헤매다가 경찰서 앞을 지날 때면 늘 어깨가 움츠러들었고, 더운 여름날 에어컨 바람을 쐬러 은행에 들어가 앉아 있다가도 푸른 제복을 입은 경비원의 눈길에 왠지 주눅이 들어 나오곤 했었다. 그렇지만 나는 그것이 이상한 일이라고는 생각한 적이 없었다. 그런데, 정민이 형은 수위 아저씨가 그 자리에 존재하지 않는 것처럼, 그 자리에 존재하는 것은 투명한 공간뿐인 것처럼 자연스럽게 지나쳤다. 나는 두 손을 바지 주머니에 쑤셔넣고 어색한 종종걸음으로 정민이 형의 뒤를 따랐다.
　"너, 테러리스트가 뭔지 아니?"

엘리베이터 안에 들어오자마자 정민이 형은 물었다. 나는 열심히 생각했다. 테러리스트…… 테러리스트? 이제 나는 수업을 거의 듣지 않았고, 내가 새로운 말을 배울 수 있는 통로는 거리에서 멍하니 서서 보는 TV가 전부였다. 그게 내게는 전부였다. 그런데 그 좁은 세상 안에 이제 새로운 사람이 나타나서 내게 '테러리스트가 뭔지 아냐'고 묻고 있었다. 그것이 이 세상에서 제일 중요한 일이기나 한 듯이. 엘리베이터가 종소리를 내며 멈추자, 마침내 나는 포기하고 고개를 가로저었다.
"몰라요."
"그래, 그건 나중에 설명해줄게. 일단 들어가자."
정민이 형은 집 문을 열었다. 나는 한걸음 걸어들어가자마자 깨달을 수 있었다. 정민이 형의 집, 그건 정말 집이었다. 나와 내 동생과 이모와 아버지가 사는 곳처럼 차고를 개조해 집이라고 이름붙인 곳이 아니었다. 집은 깨끗하고, 햇빛이 눈부시게 들어오고, 아담한 갈색 마루가 그 햇빛에 반짝거리는 곳이었다. 이런 것이 집이었다. 내가 거리를 배회하며 TV에서 구경한 방이나 집은 무시할 수 있었다. 금방 외어가지고 나온 것같이 딱딱한 목소리로 대사를 더듬거리는 탤런트들이 있는 곳은 그냥 화면에 비치는 그림 같았지, 집이라는 실감이 난 적이 없었으니까. 그건 그냥 무대 장치일 뿐이었다. 그러나, 그곳은 달랐다. 내 앞에, 옆에, 뒤에, 머리 위에 집이 존재하고 있었다. 나는 한번도 집에서 살아본 적이 없다는 사실을 그때 알았다. 문득 눈물이 나올 것 같았다. 나는 떨리는 목소리로 물었다.

"형은…… 누구랑 살아요?"
"아버지. 어머니는 이혼해서 딴 남자랑 살아."

정민이 형은 건조한 목소리로 말했다. 나는 입을 다물었다. 정민이 형은 몸을 돌려 나를 바라보더니, 피식 웃으며 입구 옆에 있는 문으로 떠밀었다.

"샤워하고 나와, 옷 찾아놓을게."


"난 테러리스트가 되고 싶거든."

정민이 형이 옛날에 입던 옷으로 막 갈아입은 내게 형이 말했다. 나는 어리둥절한 채로 정민이 형을 바라보았다. 이렇게 아무 이유도 없이 호의를 베풀어준 사람에게 뭔가 동의를 표해야 할 것 같기는 했지만, 테러리스트란 여전히 내가 모르는 낱말이었다.

정민이 형의 방도 넓었다. 우리가 사는 곳에서 가장 큰 면적을 차지하고 있는 이모 방도 그렇게 넓지는 않았다. 더구나 이모 방은 햇빛이 잘 들지 않아 늘 음침했고 습기 찼다. 우리가 사는 곳 전체가 마찬가지였다. 정민이 형의 방은 넓고 깨끗했고, 한쪽 벽에는 책이 가득 꽂혀 있었고, 방 한구석에는 TV 광고에서나 보던 컴퓨터가 있었다. 나는 그걸 좀 만져보고 싶었지만, 감히 만져보게 해달라는 이야기를 할 수가 없었다. 사실은 두려웠다. 내가 만지면 갑자기 이 모든 것이 무너져내릴 것만 같았다. 컴퓨터는 고장나고, 책은 찢어지고, 침대 옆에 굴러다니는 농구공은 바람이 빠져버릴 것 같았다. 결국 나는 정민이 형이 앉으라고 손짓한 침대 위에 꼼짝 않고 앉아 있는 수밖에 없었다. 형이 말을 계속했다.
"사실은 테러리스트가 정확히 뭔지는 나도 잘 몰라. 너를 보고, 네가 테러리스트가 될 수 있지 않을까 생각해봤을 뿐이야."

나는 멍청해졌다. 이렇게 좋은 집에서 사는 인간이 바보란 말인가? 전혀 모르는 낯선 아이를, 더구나 칼을 가지고 피가 낭자한 장면을 연출한 아이를 자기가 뭔지도 모르는 '테러리스트'가 될 수 있다고 생각하고 집에 데려오다니. 그러나 정민이 형의 눈은 멍하지도 않았고 이상해 보이는 구석도 없었다. 오히려 번쩍거리는 광채 같은 것이 눈 안쪽에서 심상치 않게 빛나고 있었다.
"그, 그러니까, 도대체 그…… 테러리스트라는 게 뭔데요?"

나는 더듬거리며 물었다. 내가 바보가 된 것 같았다. 정민이 형은 벌떡 일어나 컴퓨터 앞에 앉더니, 익숙한 솜씨로 컴퓨터를 켜고 키보드를 두드렸다. 이 사람은 바보는 아닌 것 같다고 나는 막연히 생각했다. TV에서 본 컴퓨터, 아이들이 얘기하는 컴퓨터라는 것은 거의 무엇이든 할 수 있는 마법 상자였다. 형이나 누나가 있어서 어렸을 때부터 집에 컴퓨터를 가지고 있는 아이들은 반에서 선망의 대상이 되었다. 바보는 그런 걸 다룰 수 없을 것이다. 잠시 후 귀에 거슬리는 '삐ㅡ' 소리가 났고, 키 몇 개를 더 두드린 후에 형은 내게 손짓했다.

"이리 와, 이걸 봐봐."


번 호: 4230/4231  ID: RORRET    29 Lines
제 목: 어제 한 건


바람이 계속 불어다니더라. 침묵과 적막 속에서 유동하던 뇌세포들이 드디어 주인의 폭거에 반항하며 술을 달라고 아우성쳤더라. 술을 마셨더라. 24시간 365일의 협잡에 비교하니 유리병에 담긴 희석식 알코올 음료는 다이아몬드처럼 순수하게 반짝반짝, 반짝반짝…… 기분이 좋아서 얼굴을 한껏 험상궂게 찡그리고 술을 마셨다. 옆에서 어떤 병신 새끼들이 학생 운동의 대의를 논하며 평화로운 주변의 공기가 고통에 몸부림치는 것이 느껴질 정도로 웩웩대며 노래를 불렀다. 믿을 수 없는 내 머리에 한 번 물어보고, 아 씨팔, 술잔이 비어서 빈 술잔에 한 번 물어보고, 술집 아줌마한테 한 번 물어볼까 하다가 관뒀다. 그리고 탁자에 다가가 조용히 들어엎었다. 짱돌 앞에서 뛰어다니는 연습을 덜 했는지, 순발력이 뛰어나지 못한 학생 새끼들은 순간 어리둥절했고, 그 중에 민첩해 보이는 한 놈이 저놈 잡아라, 소리칠 때쯤엔 다리 근육과 사이 좋게 공조하며 아무도 보이지 않는 어둠의 장막 속으로 경중경중 뛰어 달아났다. 24시간 지구를 부지런히 돌려 태양을 가려주는 흑마법사들이 나를 수호해주었다. 암, 많은 적들과 상대할 때는 36계가 최고고말고, 연방 되뇌며 술잔을 기울이던 나의 벌겋게 달아오른 얼굴을 연금술사의 화덕마냥 주시하던 후배가 진지하게 물었다. 72계는 왜 없는 거죠, 형? 그래서 우리는 다시 17시간 반 동안 72계에 대해 고뇌하며 술을 마셨다. 72계, 그 최상의 계략은 언제나 우리 앞에 현현하는가? 18시간을 채우지 않은 이유는, 완전히 정합하는 것은 언제나 불완전하다는 진리를 이심전심으로 후배와 나누어 가졌기 때문이었다.

—영혼을 팔아라, RORRET

나는 어리둥절했다. 모르는 단어도 많았거니와, 내가 파악하기로는 이 글을 적은 사람이 한 일이라곤 어떤 술집에서 술을 마시다가 남의 술판을 뒤집어엎은 것뿐이었으니까. 정민이 형은 다음 게시물을 보여주었다.

번 호: 4231/4231 ID: DarkMagic 5 Lines
제 목: RORRET에게

RORRET, 너는 똥덩어리다.
내가 왜 어제 너 같은 걸 구해준다고 똥폼을 쟀는지 모르겠다. 낄낄.

흑마술

당연히 의혹은 커져가기만 했다. 이런 사람들이 테러리스트라면, 이 사람은 뭘 보고 내가 테러리스트가 될 기질이 있다고 생각한 건가 싶었다. 컴퓨터에 이따위 글이나 적고 앉아 있는 사람들처럼 내가 매일 미친 짓이나 하고 돌아다닐 기질이 있다고 생각한 걸까? 정민이 형은 한숨을 쉬었다.
"오늘따라 보여줄 만한 게시물이 별로 없군. 이 로레트라는 사람은 가끔 멋진 테러를 하는데."

"이게 도대체 뭐예요?"

 글은 나를 더욱더 혼돈에 빠뜨렸을 뿐이었다. 결국 나는 궁금증을 참지 못하고 다시 물었다. 정민이 형은 싱긋 웃으며 고개를 흔들었다.

"나도 잘 모른다니까. 정확히는 몰라."

 나는 아무 말도 않고 정민이 형을 계속 쏘아보았다. 형은 컴퓨터를 껐다.

"어느 날 오락이 많다는 사설 비비를 접속해보다가 전화번호를 하나 잘못 쳐서 아까 네가 본 비비를 알게 됐어. 내가 아는 건, 이 사람들은 내가 알 수 없는 이유로 사람들에게 폭력을 행사한다는 것뿐이야. 아까 네가 본 사람들로만 말하자면, 지지난주에 로레트는 길가에 주차해놓고 내려서 집에 가는 여자 친구와 얘기한답시고 한 차선을 완전히 막고 노닥거리던 놈 차를 들이받고 달아났어. 지난주에 다크매직은 여자 향수 냄새가 머리가 띵할 정도로 독하다는 이유 하나만으로 여자 뺨을 갈기고 욕설을 퍼부었고. 정말 아무렇게나 하는 것 같지. 그러면서도 글을 쫙 읽어보면 폭력을 행사하는 데 어떤 원칙 같은 게 있는 것 같기도 해. 게다가 저 사람들은 더럽게 배타적이고. 나도 지금까지 테러 같아 보이는 짓 몇 개를 하고 게시판에 올렸지만, 사람들이 비웃기만 하더라구. 하지만 난 정말 저기 끼고 싶어. 사람들은 자유로워 보이고, 세상에서 일어나는 모든 일들을 비웃을 수 있을 정도로 강해 보여. 나도 그렇게 되고 싶거든."
"그런데 그게 나를 데려온 거랑 무슨 상관이에요?"
 정민이 형은 말하기 곤란한 듯이 웃었다. 지금 생각하건대, 아마 정민이 형도 잘 모르고 있었을 것이다. 어색한 침묵 후에 정민이 형은 시계를 보고 내게 가야 될 시간이라고 일깨워준 다음, 꼭 다시 놀러 오라고 신신당부했다.

 정민이 형 집은 내게 보물 창고이자 인생의 학교이자 은신처였다. 얼마 안 있어 나는 학교가 끝나면 곧장 정민이 형 집으로 향하게 되었다. 형의 아버지는 일 때문에 늦게 들어와 별로 마주칠 일이 없었고, 어쩌다 마주쳐도 아무 관심 없이 지나쳐버렸다. 덕분에 나는 편했다. 그 집에서 나는 처음으로 컴퓨터를 써보았고, 책을 읽는 즐거움도 맛보았다. 정민이 형은 내가 테러리스트가 되기 위해 필요한 것이라면 무엇이든 아낌없이 제공해주었다. 심지어 자기가 돈을 댈 테니 무술도장에 다니라고 채근하기까지 했다. 그러지는 않았지만, 나는 될 수 있는 대로 싸움을 많이 하고 다녔다. 싸움도 요령이었다. 하다 보니 솜씨가 늘었다. 내가 때려눕힌 아이들 속에 태권도장을 3년 이상 다닌 아이가 있다는 말을 하자, 정민이 형의 눈은 반짝반짝 빛났다. 책을 읽기 시작한 것도 '테러리스트들은 은근히 유식해. 너도 그렇게 되려면 책을 많이 읽어야 할 거야' 하는 형의 말 때문이었다. 얼마 지나지 않아 테러리스트는 우리 둘의 공통된 꿈이 되어버렸다.

그럴 줄 짐작하긴 했지만, 아버지는 강아지가 없어진 것에 대해 아무 얘기도 하지 않았다. 단지 낯설도록 깨끗한 옷을 입고 들어온 나를 의혹의 눈초리로 잠시 바라보다가 술을 마셨을 뿐이었다. 동생은 서럽게 울었다. 나는 그런 동생에게 신경질을 부리며, 짐승이건 사람이건 믿을 건 자기밖에 없는 법이라고 말했다. 내가 동생에게 신경질을 낸 것은 처음이었다. 동생은 놀란 눈으로 나를 응시하더니 다시 울었다. 마음이 편치 않았다.

예상했던 대로, 초등학교 졸업 후 이모는 나를 중학교에 보내지 않았다. 그렇다고 내가 할 수 있는 일을 마련해준 것도 아니었다. 늘 술에 취해 있는 아버지는 물론이고, 이모도 나를 그냥 내버려두었다. 그래서 나는 더욱 자유롭게 정민이 형 집에 드나들 수 있었다. 정민이 형은 아예 내게 열쇠를 하나 복사해주며, 자기가 없을 때 아무 때나 집에 들어와 하고 싶은 일을 하라고 했다. 내가 아침에 집에서 나갈 때면 아무도 어디에 가냐고 묻지 않았다. 심지어 동생마저도. 동생은 자기가 접해보지 못한 이상한 세계의 공기를 내가 묻혀 들어오는 것을 느낀 모양이었다. 가끔씩 내가 얻어입고 들어오는 정민이 형의 옷, 불쑥불쑥 내 입에서 튀어나오는, 예전엔 나오려야 나올 수 없었던 유식한 단어들, 동생은 이런 것에 위화감을 느끼는 것 같았다. 아침에 집을 나오면 나는 정민이 형 집에 들어가 책을 읽거나 오락을 했고, 오후가 되어 학생들이 집에 올 시간이 되면 밖에 나가 싸움을 했다. 이길 때도 있었고 질 때도 있었다. 내가 이기면 지금까지 해오던 대로 돈을 요구했지만, 이미 돈은 목적이 아니라 전리품이었다. 내 싸움 솜씨는 나날이 늘어갔다.

한편 정민이 형과 나는 시간을 두고 천천히 테러리스트 비비를 탐색했다. 곧 우리는 그 수많은 글들 중에서 대부분은 쓰레기라는 것에 의견이 일치했다. 자기 소신을 가진 사람은 많지 않았다. 처음 정민이 형이 그랬듯이, 소신을 가진 테러리스트(이들의 글은 게시판에서도 티가 났다)의 행위를 따라 하는 사람들이 압도적으로 많았다. 그들 모두가 어떤 기준에 따라 테러를 해야 할지 우왕좌왕하고 있었다. 한 테러리스트가 냉소적으로 비웃어주면 금세 풀이 죽었고, 다른 테러리스트가 조금 추켜주면 망설이면서 같은 행위를 되풀이했다. 진정한 테러리스트들의 행위는 종잡기 어려웠다. 보통 사람 같으면 화내기는커녕 웃고 넘겨버릴 일에 서슴없이 테러를 저지르기도 했고, 모든 사람들이 화낼 만한 일에 아무 반응 없이 넘어가기도 했다. 사실, 나중에 테러리스트의 길에 본격적으로 접어들고 나서도 한동안은 내가 어디에 테러를 해야 하고 어떤 일에는 가만있어야 하는지 알 수 없었다. 그때 대화실에서 만난 한 테러리스트는 내게 이렇게 충고해주었다.

"테러는 본질적으로 예술이야. 자기 자신과의 관계에 충실해야 하지. 자기 자신과의 관계 속에서 세계를 바라보고 그 안에 너 자신의 폭력이 들어갈 곳을 발견하는 작업, 그게 바로 테러야. 너 이외에는 아무도 믿지 마. 테러리스트는 외로운 길이야."

그러나 그것은 나중의 일이다. 그때 당시에는 정민이 형이나 나나 우리가 풋내기라는 것만을 알 뿐이지, 어떤 일을 해야 진짜 테러리스트가 되는 것인지 모르고 있었다. 그래서 정민이 형이 그 비비에 아이디를 개설하라고 내게 권했을 때, 나는 신중히 생각하다가 거절했다. 그것은 막 싹트기 시작한 나의 자존심이었다. 내가 거리의 꼬마 폭력배였을 때는 남에게 어떻게 보이는 어떤 짓을 하든 아무런 상관이 없었다. 그러나 나의 꿈이자 정민이 형의 꿈인 테러리스트라는 것은 거대한 입문식을 거쳐야만 갈 수 있는 길 같았다. 나는 정민이 형처럼 낯선 세계에서 우왕좌왕하는 모습을 진짜 테러리스트들에게 보이면서 커가고 싶지는 않았다.

그렇게 3년이 순식간에 지나갔다. 그 동안 정민이 형은 변함없이 좋은 친구이자 형이 되어주었다. 형은 고 2가 되었고, 나도 정상적인 학제를 밟았더라면 중 3이었을 것이다. 그러나 정민이 형의 도움과 진짜 테러리스트가 되어야 한다는 열망 덕에, 수학 같은 것은 못했지만 웬만한 책은 읽어낼 수 있는 정도의 지식은 갖추게 되었다. 나는 변성기를 넘기며 자위를 시작했고, 아버지 때문에 두려워하던 술과 담배도 배웠다. 물론 형에게서. 형은 나와 함께 테러리스트 비비를 검색할 때만 빼고는 정상적인 고등학생이었다. 그리고 내 동생은 초등학교 6학년이었다. 동생은 5학년 때 생리를 시작했다. 동생이 생리를 시작하자, 이모는 동생을 방으로 데리고 들어가 같이 잤다. 그 점에 대해서 나는 은근히 이모에게 감사했다. 아버지는 못 믿을 인간이었다.

정민이 형과 내가 결별하게 된 것에는 두 가지 사건이 계기가 되었다.

고즈넉한 5월 오후였다. 베개 옆에는 읽다 만 소설책이 놓여 있었고, 창문에서 한가로이 햇빛이 비쳐 들어왔다. 나는 정민이 형의 침대에서 사지를 쭉 뻗고 누워, 오늘은 몇 시쯤 들어가야 아버지가 잠든 후에 들어갈 수 있을까 하는 생각을 하며 뒹굴거리고 있었다. 갑자기 전화가 울렸다. 나는 불에 데인 듯 벌떡 튀어 일어났다. 내가 정민이 형 집에 드나든 지 3년, 그 동안 형의 방에 놓여 있는 전화가 울린 적은 한번도 없었다. 형은 바깥 전화로 친구들과 통화했고, 방에 있는 전화는 우리가 통신을 할 때만 썼다. 내가 알기로 이 방 전화번호를 알고 있는 사람은 나밖에 없었다. 아마 잘못 걸린 전화려니 하고 수화기를 들었다.
"여보세요."
"민규냐? 집에 있었니?"
정민이 형이었다. 나는 깜짝 놀랐다. 정민이 형이 바깥에서 내게 연락을 하고 싶으면 방에 전화를 걸면 된다는 것은, 물론 머리로 생각할 때는 당연한 일이었다. 하지만 형은 한번도 그런 일이 없었다. 학교 수업이 끝나면 쏜살같이 집으로 달려와 둘이 함께 이책 저책에 대해 토론을 하거나 테러리스트 비비에 접속하는 것이 지난 3년 동안 변함없이 반복되었던 일과인 것이다. 더구나 나를 놀라게 했던 것은 정민이 형의 목소리에 서려 있는 어색함이었다. 나도 어색하게 전화를 받았다.
"응, 형…… 무슨 일 있어?"
"무슨 일이라기보다, 너 오늘 좀 일찍 가주면 안 되겠냐?"
 "뭔데?"
 "나, 친구 좀 데려가려고……"
 나는 다시 한번 놀랐다. 내가 알기로, 정민이 형은 집에 데려올 만한 친구가 없었다. 형은 늘 '학교에 있는 녀석들은 멍청해. 너와 함께 있는 게 훨씬 나아' 하고 말했고, 어쩌다 바깥 전화가 오면 될 수 있는 대로 빨리 끊고 들어오며 고개를 절레절레 흔들었었다. 내가 이 사태에 어떻게 대처해야 할지 몰라 잠시 조용히 있자, 형의 목소리가 절박해졌다.
 "민규야, 나중에 설명해줄 테니까. 지금 시간이 없거든. 나 지금 학교 앞이고, 버스 오면 바로 타고 갈 거야. 그러니까 지금 가라, 응?"
 "……알았어."
 별로 기분이 좋지 않았다. 형이 나를 업신여기거나 친구에게 소개하기 창피해서 집에 가라고 한다는 생각은 전혀 없었다. 형과 나는 그럴 사이가 아니었다. 그러나 그 친구라는 존재가 괜히 마음에 걸렸다. 도대체 어떤 친구길래 집까지 데려오는지 궁금하기도 했지만, 아무래도 질투 같은 것이 마음속에 있었던 것 같다. 형을 알게 된 후 3년 동안 형은 나의 유일한 친구였다.
 '뭐, 꼭 같이 해야 하는 숙제라도 있나보지.'

형이 차라리 맞으면 맞았지 학교에 숙제 같은 것 해가는 적이 없다는 것은 알고 있었지만, 뒤틀어지려는 심사를 애써 달래며 집 문을 잠그고 버스 정류장으로 향했다. 그날따라 버스는 유난히도 오지 않았다. 당연히도, 한참 만에 온 버스는 사람으로 북적북적거렸다. 이걸 타야 하나 말아야 하나 망설이고 있는데, 길 저편에서 낯익은 모습이 보였다. 정민이 형이었다. 그때의 나는, 정민이 형이라면 백만 명 가운데서도 금방 찾아낼 수 있었다. 형은 막 버스에서 내리는 것 같았다. 형의 친구라는 사람은 누굴까 하는 호기심에, 내가 타야 할 버스를 그냥 가게 내버려두고 길 건너를 살폈다. 씽씽 지나다니는 차들과 버스에서 갓 내린 수많은 아이들 사이로 형과 가까이 서서 걷는 사람을 구별해내기란 쉽지 않았다. 그러나 형이 횡단보도 앞에 멈춰서자, 옆에서 형과 함께 이야기하며 오던 사람도 뚜렷이 보였다. 그 '친구'를 보자마자, 나는 마침 내 앞에 멈춰선 버스의 번호도 확인하지 않고 그냥 뛰어올라버렸다.

 형의 '친구'는 여자애였다!

 교복을 보니 형과 같은 학교였다. 어깨쯤에서 찰랑거리는 생머리가 기억에 남았다. 얼굴은 잘 보이지 않았다. 못된 짓을 하다 들킨 것처럼 가슴이 두근거렸다. 내가 투명인간이라면 형과 그 여자애를 따라가 형이 어떤 표정을 짓고 어떤 말을 하고 있는지 보고 싶었지만, 내가 올라탄 버스는 금방 떠나버렸다. 나는 곧장 다음 정류장에 내려서 집까지 걸어갔다. 집까지 걸어가는 날에는 덩치 큼직한 한두 명 정도를 골라 싸움을 걸기 일쑤였는데, 그날은 싸우고 싶지도 않았다. 우울했다.

다음날, 나는 형네 집에 가지 않았다. 대신 형 학교 1학년 애들을 몇 명 두들겨주었다. 그 다음날도 계속 울적한 기분으로 집 근처를 뱅뱅 돌아다녔다. 형과 만난 첫날처럼, 형이 친척집에 들를 일이 있어 나를 찾아와주었으면 하는 마음으로. 형은 오지 않았다. 그 다음날부터 나는 집에 누워 지냈다. 이모가 일을 나가면서 의아한 눈초리로 바라보았지만 아랑곳하지 않았다. 아버지는 내가 집에 있으니 불편한 듯, 아침에 술만 깨면 다시 술을 마시러 집 밖으로 기어나갔다. 아버지 따위는 신경도 쓰지 않고 지냈다. 동생이 말을 걸려고 하면 돌아누워버렸다.

형이 찾아온 것은 엿새째 되는 날이었다. 형은 우리끼리 약속한 방식으로 문을 두드렸다. 무시하려고 했으나 잘 되지 않았다. 결국 문을 열고야 말았다.

"너, 어디 아팠냐? 왜 여태 안 왔어? 난 처음엔 니가 왔다가 일찍 간 줄 알았다."

"……아니."

나는 처음 질문에만 시무룩하게 대답했다. 형이 다시 물었다.
"너, 혹시 그때 전화 때문에 화난 거냐?"
"……"
나는 입을 다물었다. 대답하려야 대답할 수가 없었다. 내가 아무 말이 없자, 형이 팔을 잡아끌었다.
"가자, 우리, 술이나 마시면서 얘기하자."
형도 준비를 단단히 해가지고 온 것이 틀림없었다. 우리는 형의 집으로 향했다. 가던 길에 형은 맥주 스무 캔과 양주 두 병, 담배 두 갑을 샀다. 일주일 만에 와보는 형의 집은 여전히 조용하고 깔끔했으나, 더 이상 아늑하지는 않았다. 형은 사온 술을 책상 위에 올려놓았다. 언제나 텅 비어 있던 책상 위에는 교과서와 참고서가 몇 권 놓여 있었다. 그것도 낯선 풍경이었다. 형이 내 눈길을 따라가다 그만 어색한 웃음을 흘렸다.
"민규야, 난 테러리스트 감이 아니야."
형이 맥주를 마시면서 조용히 말했다. 나는 아무 말 않고 술만 들이켰다. 술을 마시면서 말을 늘어놓는 것은 내 스타일이 아니었다.
"난 정말 아냐. 하지만 너는 테러리스트 기질이 있어."
나는 침대에 걸터앉아 있었고, 형은 의자에 앉아 있었다. 나는 형을 바라보았다. 형의 말이 맞을지도 몰랐다.

나는 테러리스트가 근육질에 싸움꾼이어야 한다고 생각하지는 않았지만, 심약하지는 않다고 생각하고 있었다. 눈에서 비늘이 한 겹 떨어져나가는 것 같았다. 정민이 형은 심약한 사람이었다. 형은 그 심약함 때문에 나를 집으로 데려왔고, 그 심약함 때문에 테러리스트 비비에 끌렸고, 내가 커나가는 것을 보며 만족감을 느꼈으며, 마침내 내가 테러리스트 기질이 있다고 부추기며 자신은 그 길에서 떨어져나가겠노라고 공표하고 있는 것이었다. 우리는 한참 동안 아무 말 없이 술을 마셨다. 맥주를 다 마시고 양주로 들어섰는데도 나는 정신이 멀쩡했다. 그러나 형은 웬만큼 취했는지, 다시 말을 꺼냈다. 혀가 꼬부라지기 시작하는 소리였다.

"난 내가 영웅이거나 영웅의 후견인이 될 수 있다고 생각하고 있었어. 그런데 그게 아냐. 난 영웅의 세계를 동경하는 보통 학생이야. 만화책을 보면서 재미있어하는 거나 똑같은 거지. 어쩌면 난 지금까지 네 덕분에 어렸을 때 본 만화 속에서 살고 있었던 것 같아. 난 너처럼 특별하지 않아. 난 너처럼 폭력을 쓰는 데 주저하지 않을 수 있는 것도 아니고, 자라온 환경이 비극적인 것도 아니야. 엄마 아버지 이혼한 거? 그건 아무것도 아냐. 일상적인 일이지. 아버지는 아마 곧 재혼할 거고, 요즘 계모는 동화 속의 계모같이 악독하지 않다는 건 누구나 알고 있는 일이야. 나는……"
"찾아오지 말라고 하고 싶으면 그 말만 해요."

나는 조용히 말했다. 슬슬 신물이 나기 시작하고 있었다. 내가 특별하다고? 정민이 형 눈에만 그렇게 보일 뿐이었다. 나는 흔히 있는 도시 빈민 결손 가정의 아이들 중 하나일 뿐이었다. 정민이 형의 착각 때문이었든 내 행운 때문이었든, 나는 테러리스트라는 세계를 접하게 되었고 배운 것도 많았다. 그러나 그것뿐이었다. 내가 정민이 형을 원망할 이유도 고마워할 이유도 없었다. 나가라고 한다면 당장 나가줄 수도 있었다. 정민이 형은 흘끗 나를 바라보더니 말을 이었다. 아직 그렇게 취하지는 않은 모양이었다.

"아냐, 무슨 말을! 내가 너랑 3년 동안 잠만 같이 안 잤지 한 집에서 계속 같이 살고 그랬는데, 그게 다 헛산 것 같냐? 단지 내가 앞으로는 너처럼 열광적일 수 없을 것 같다는 것뿐이야. 언제든지 와서 필요한 책 있으면 읽고, 접속하려면 접속해. 자, 한잔 더 해!"

기계적으로 술을 삼키며 나는 쓴웃음을 눌렀다. 지금까지 열광적이었던 것은 우리였다. 나만이 아니었다. 나는 그 자리를 박차고 나가버릴 수도 있었다. 그러나 호의는 호의였다. 형이 우리의 열광에서 자신을 빼달라고 말하는 순간부터 우리는 지금까지의 동등한 높이를 유지할 수 없었다. 술을 마시고 있는 동안 형이 선 자리는 점점 솟아오르고, 내가 선 자리는 점점 가라앉았다. 형이 지금까지 높은 자리에서 베풀어주었던 호의가 아무 것도 아니었던 것처럼, 동등한 입장에서 베풀어졌기 때문에 갚을 필요가 없는 호의인 것처럼 내가 그 자리를 박차고 나가버린다면, 나는 배은망덕한 놈이 되는 것이었다. 그날 우리는 취해 널브러질 때까지 술을 마셨다. 그러나 나는 끝까지 속에 있는 말을 하지 않았다.

그 다음날부터 나는 다시 정민이 형 집에 드나들기 시작했다. 겉으로 보기에 내 일과는 별로 변한 것이 없었다. 책을 읽고 비비에 접속했다. 어떨 때는 정민이 형이 학교에서 돌아올 시간이 넘어서까지 통신에 몰두했다. 그러면 형은 책상에 앉아서 공부를 했다. 우스운 일이었다. 나는 그때까지 정민이 형의 존재감을 느껴본 적이 없었다. 내가 쭈뼛거리며 두번째로 형의 집에 와서 벨을 눌렀을 때, 형이 싱글싱글 웃으며 기다렸다는 듯 문을 열어주었을 때부터 형은 내게 늘 편한 사람이었다. 접속을 하거나 책에 몰두할 때면 형이 나를 지켜본다는 것조차 잊을 정도였다. 그것은 형이 나와 함께하고, 내가 형에 대해 신경쓰지 않더라도 항상 형은 나를 지켜보고 도와줄 거라는 믿음이 있었기 때문이었다. 어떤 사람의 존재감이 그 사람이 타인이 되고서야 비로소 절실하게 다가올 수도 있다는 것은 새로운 체험이었다.

그렇게 형과 서먹서먹해지고 얼마 안 있어 두번째 계기가 다가왔다.

여기에 대해서는 조금밖에 말할 수가 없다. 실제로 일어난 일이 조금이었을 뿐만 아니라, 돌이켜보기에 유쾌한 일은 아니기 때문이다. 세상을 그리 오래 살지 않은 나 같은 사람을 포함해서, 누구나 돌아보기 싫은 어두운 면은 조금씩 가지고 있는 법이다.

우리가 술을 마신 날 이후, 나는 더욱 테러리스트가 되겠다는 생각에 집착했다. 이제 그 꿈은 온전히 나만의 것이었다. 나는 이제 테러리스트가 되지 않으면 될 수 있는 것이 아무것도 없었다. 예전에는, 테러리스트가 아니라도 형과 평생 친형제처럼 지낼 수 있다는 생각을 하고 있었다. 그러나 이제는 가능성이 없는 일이었다. 형은 여자 친구가 생겼고, 중산층 고교생의 평탄한 생활로 빠르게 되돌아가는 중이었다. 그 와중에도 형은 여전히 다정했다. '친구를 데려오니 가주었으면 좋겠다'고 전화로 말하는 경우가 늘어가긴 했지만, 대부분의 경우 형이 학교에서 돌아올 시간이 되기 전에 내가 먼저 그 집을 떠났으므로 그것도 별로 문제가 되지 않았다.

집에 들어가면 아무도 와 있지 않을 때가 많았다. 가만히 누워 그날 읽은 책이나 테러리스트 비비에서 보았던 내용을 떠올리며 뒹굴거리면 동생이 들어왔다. 우리끼리 저녁을 차려 먹고 나면 어둑어둑해질 무렵 아버지가 술에 곯아 돌아와 계속 술을 마셔댔고, 그러면 나는 동생을 이모 방으로 보냈다. 한밤중이 되면 파김치가 된 몸을 추스르며 이모가 마지막으로 돌아와 문단속을 했다. 정말로 단조로운 생활이었다.

집에 돌아오는 길은 늘 쓸쓸했다. 그때까지는 내게 희망이라는 것이 있었다. 집에 가는 것은 다음날 정민이 형 집으로 가기 위한 절차일 뿐이었다. 우리집은 언제나 지저분했고 끔찍했지만, 정민이 형 집으로 가면 그런 것을 모두 잊어버릴 수 있었다. 나는 꿈을 꾸고 있었던 것이다. 내가 한번도 누려보지 못한 '집'에, 중산층의 생활에 편입된 듯한 꿈을. 꿈은 깨졌고 내게 남은 것은 테러리스트가 되겠다는 생각밖에 없었다. 그날도 그렇게 쓸쓸하게 집에 돌아왔다. 대문을 열었다.

갑자기 쿵, 소리가 났다. 비명 같은 것이 들린 것 같기도 했다. 갑자기 정신이 버쩍 들었다. 나는 될 수 있는 대로 서둘러 열쇠를 돌려, 차고를 개조한 우리집 문을 열었다. 문을 열자마자 눈에 들어오는 것……그것은 피였다. 낡은 장판 위에 피가 흥건하게 괴어 있었다. 그 옆에 커다란 몸 하나가 누워 있었다. 피는 그곳에서부터 흘러나왔다. 아버지였다. 누가? 나는 반사적으로 방안을 휘돌아보았다.

　방 한구석에, 무언가가 웅크리고 있었다. 방안의 그늘과 흐트러진 검은 머리칼 사이에서, 반쯤 찢긴 옷 사이로 드러나보이는 하얀 몸이 부들부들 떨고 있었다. 낮게 흐느끼는 소리가 그제야 귀에 들어왔다. 동생이 울고 있었다.

　"오빠, 나…… 아무것도…… 아무것도 안 했어……"

　분노가 치밀어올랐다. 아버지가 동생을 강간하려 한 것이다. 동생은 어찌어찌하다 술에 취한 아버지를 밀쳤고, 아버지는 어디다 머리라도 박으며 넘어졌으리라. 나는 발로 슬쩍 아버지의 머리를 밀어보았다. 과연 피는 거기서 흘러나오고 있었다. 머리카락에 엉겨붙은 피가 거멓게 보였다. 숨을 거두려는지 꼴록거리며 경련을 하고 있는 아버지의 몸을 넘어, 동생에게 다가가 힘주어 끌어안았다. 조금 지나자 걷잡을 수 없이 떨리던 동생의 몸이 좀 진정되는 것이 느껴졌다. 나는 조용히 말했다.

　"민선아, 옷 갈아입어라. 넌 아무것도 하지 않았지만, 이대로 있다간 일이 귀찮아질 테니까. 우리 나가자. 네가 잘못한 건 하나도 없어. 얼마 지나고 들어오면 괜찮을 거야."

　동생이 옷을 갈아입는 동안, 나는 동생 쪽에 등을 돌리고 아버지를 바라보았다. 허옇게 뒤집어진 눈을 하고 아버지는 그곳에 누워 있었다. 우스운 일이었다. 아버지가 죽기를 열렬히 바라고 있는 사람은 나였는데, 막상 죽인 것은 동생이었다. 물론 아버지가 아직 숨을 거둔 것은 아니었지만, 아버지가 다시 살아날 가망은 없다고 확신하고 있었다. 저 정도 상처에서 살아나려면 재빨리 병원에 가야 할 텐데, 이모가 돌아오는 시간은 아직 한참 남았고, 일찍 들어온다고 해도 이모는 자기 돈 들여가면서 아버지를 병원에 데려갈 인물은 아니었다.

나는 누가 보지 않나 확인하면서 동생을 데리고 집을 살금살금 빠져나왔다. 다행히 골목길엔 아무도 없었다. 운이 좋으면, 경찰에서는 우리가 없어진 것은 아버지의 죽음을 보고 놀라고 두려워서라고 생각할 것이다. 돈도 없는 술주정뱅이 하나가 죽었다고 대대적인 수사를 벌이거나 하지는 않을 것이다. 하지만 나는 그 후에도 집에 돌아갈 생각은 없었다. 이제 동생과 둘이서 살아갈 것이다. 그전에 갈 곳이 있었다.

아직도 창백하게 질린 동생을 데리고 정민이 형 집 문을 열었다. 형은 학교에서 돌아와 있었다. 나는 동생을 침대에 앉히고, 어리둥절해 있는 형을 마루에 데려가 속삭였다.

"형, 돈 좀 줘요. 될 수 있는 대로 많이."

"무슨 일이야?"

"설명할 수 없어. 있는 대로 꺼내줘요. 난 이제 다시는 오지 않을 거야."

"⋯⋯알았어."

형이 닥치는 대로 집 안을 뒤지는 동안, 나는 컴퓨터 앞에 앉아 테러리스트 비비에 접속했다. 아이디 개설 여부를 질문하는 글이 떴다. 나는 영감이라도 받은 듯이 'TERROR4EGO'라고 쳐넣었다. 그곳은 가입 자동 처리 프로그램이 돌아가고 있기 때문에, 아이디를 개설한 즉시 글을 쓸 수가 있었다. 내가 그곳에 쓰는 첫번째 글이었다. 나는 딱 두 줄을 써넣었다.

나는 이제 테러리스트다.
조금 전 나는 아버지를 죽였다.

4

내가 이 모든 것을 처음부터 여신에게 다 털어놓았던 것은 아니다. 오히려 여신을 집에 들인 무렵, 나는 여신(女神)을 맞을 준비가 되어 있지 않았다. 동생이 떠난 후로 집 안은 지저분하기만 했다. 여신에게는 그녀가 입은 초록색 원피스 하나가 있었을 뿐, 손짐 하나도 없었다.

새 식구를 맞아들인다는 기분은 전혀 나지 않았다. 더구나, 나는 내가 뱉어버린 말을 벌써 후회하고 있었다. '사람은 믿을 것이 못 돼.' 이것은 내가 어렸을 때부터 뼛속까지 체득하고 있는 교훈이었는데, 내가 도대체 왜 그녀를 집으로 불러들였는지 알 수 없었다. 아마 여동생이 죽은 날이었기 때문일 거라고 생각하니 더욱 우울해졌다. 결국 나도 그날그날의 기분에 휘둘리는 약한 인간일 따름인가 하는 생각이 들었다. 그것은 얼토당토않게 그녀에 대한 신경질로 이어졌고, 그래서 나는 그녀에게 마음을 열지 않기로 작정했다. 그녀를 복도에 세우고 오피스텔 문을 열면서부터 나는 벌써, 자기가 눈치보이면 얼마 안 있어 나가려니 하는 얄팍한 생각을 하고 있었다. 불을 켰다. 지저분한 방 꼴이 드러났다.
"들어와요. 앉을 곳은 침대밖에 없소."
그녀는 순순히 들어와 침대 위에 앉았다.
"화장실은 좁아요. 그래도 샤워를 하고 싶으면 하고. 난 좀 할 일이 있으니, 먼저 자는 게 좋을 거요. 잠이 안 오면, 냉장고에 맥주가 몇 캔 있으니까 그걸 마셔요."
말하면서 비참한 기분이 들었다. 물론 내 방에 여자가 들어오는 것이 처음은 아니었다. 여자들과 잠을 자고 싶을 때 자는 것은 부드러운 베개를 베거나 포근한 이불을 덮는 것과 마찬가지였다. 잠이 잘 왔고, 아침에 일어나면 침대를 박차고 나가듯 잊어버렸다. 대부분의 여자들과는 한 번 자고 나면 다시 만나지 않았다. 여자들도 그것을 당연한 것으로 받아들였다. 거기에 대해서는 동생도 나를 뭐라고 비난한 적이 없었다. 그러나 내 동생을 떠나보낸 바로 그날 여자를 집으로 데려왔다는 사실이 마음을 찔렀다.

 그녀는 아무 말 없이 화장실로 들어갔다. 나는 냉장고를 열었다. 냉장고 안에는 네다섯 캔의 맥주와 위스키 큰 병 하나가 있었다. 위스키를 집어들고 컴퓨터 앞으로 갔다. 모든 것이 혼란스러웠다. 동생이 떠나간 것도, 내가 여자를 방으로 데려온 것도 현실처럼 느껴지지 않았다. 그때만큼은 술이 줄 수 있는 위안이 절실히 필요했다. 나는 위스키 한 모금을 입 안에 가득 머금은 채 테러리스트 BBS(약칭 테비)에 접속했다. 씁쓸하면서도 달콤하고 뜨거운 기운이 목구멍을 타고 내려갔다. 이 드넓은 세계 어디에선가 나와 똑같은 시간에 술을 마시고 있는 누군가는 이것을 인생의 맛이라고 부를지도 모르지. 비밀 번호를 쳐넣으며 한 모금을 더 들이켰지만, 머리는 여전히 멍하고 혼란스러웠다.

 처음 내가 이곳에 글을 올렸을 때 그 글에 대한 논의가 분분했다는 것은 나중에야 안 사실이었다. 많은 사람들이 그 글은 어린애의 장난이나 거짓말일 것이니 지워야 한다고 주장했다고 한다. 그 중에는 내가 은근히 존경해오던 테러리스트들도 끼여 있었다. 그들을 탓할 수는 없었다. 더구나 나는 그 글을 올린 후 4년 간이나 이곳에 들어올 수 없었다. 나중에, 집과 컴퓨터를 마련하고 제일 처음 접속한 이곳에 내 아이디가 아직도 남아 있는 것을 보고 나는 얼마나 감격했는지 모른다. 내가 모르는 동안에도 나는 어딘가에 소속되어 있었다는 것이 그런 감격을 안겨줄 수 있을 것이라고는 생각해본 적이 없었다. 그 4년 동안 테러리스트라는 존재는 사람들에게 슬슬 알려졌고, 따라서 테비에 가입할 수 있는 자격 조건도 상당히 까다로워져 있었다.

그날 특별히 올라온 글은 없었다. 그날 특별히 무엇인가가 올라와야만 한다는 느낌은 나의 오만일지도 몰랐다. 나와 나에 관계된 사람들에게 어떤 일이 일어난 날에는 어디에 가든 무슨 일인가가 일어나 있어야만 한다는 강박관념. 거기에 사로잡히기 싫었다. 대화실로 이동했다. 여러 개의 방과 방 사이, 낯익은 아이디 하나가 혼자 있는 방이 보였다. 나는 위스키 병을 입에 갖다 대며 그 방에 들어갔다.

  otherself: 헬로.
  TERROR4EGO: 헬로.

Hell로. 지옥으로 떨어져 내려가는 것도 때로는 나쁘지 않으리라. 그러나 돌이켜보면 내가 지옥으로 떨어져 내려가고 있지 않았던 때도 그리 많지 않았던 것 같다. 그날, 여느 때 같지 않은 것이 하나 있었다. 2, 3분 만에 한마디 말을 던질까말까 했던 otherself가 놀랍게도 연이어 말을 걸었다.

  otherself: coldblood가 경찰에 붙잡혔다죠?
  TERROR4EGO: 모르는 일입니다.

잠시 쉬었다가, 나는 불쌍한 coldblood를 위해 한마디 덧붙였다.

  TERROR4EGO: 그 친구를 붙잡은 경찰에게 위안이 있기를. 그 친구를 상대하려면 그게 필요할 테니.
  otherself: 글쎄요. 그 친구도 손쉬운 변절자였죠.
  TERROR4EGO: 각성자들은 어느 부류에든 하나씩 있으니까요.
  otherself: killkill~

나는 침묵했다. 그날만은 불운한 동료를 비웃고 싶지

않았다.

테비에서 '변절자'라는 말이 언제부터 쓰이기 시작했는지는 알 수 없다. 그것이 무슨 뜻으로 쓰이는지는 어렴풋이 감만 잡힐 뿐, 명확하지 않다. 알고 싶지도 않다. 내가 테비에 들어올 수 없었던 4년, 그 사이에 '변절자'라는 말이 생겨났다는 것만은 확실하다. 그 4년 동안 나는 최소한의 보금자리를 마련하기 위해 동생과 함께 돈을 벌었다. 스무 살도 되지 않은 어린아이에게 주어지는 일자리는 별것 없었다. 그러나 어린 여자 아이에게는 있었다. 동생은 술집에 들어갔고, 나는 그 술집에서 삐끼 노릇을 했다. 그 동안 테비에서는 '변절자'라는 말이 싹을 틔웠고, 음습한 곳의 독버섯처럼 자라났다. 내가 지켜야 할 것, 내가 충성할 수 있는 것은 동생밖에 없었기에 나는 변절할 것도 없었다. 그러나 내가 테비에 다시 들어왔을 때, 사람들이 제일 처음 냄새 맡으려고 했던 것은 내가 변절자인가 아닌가였다.

otherself가 다시 말을 걸었다.


otherself: 그 친구는 너무 순진했어요. 자신이 뭔가 큰일을 할 수 있다고 믿었죠.
TERROR4EGO: 그건 아무도 모르는 일이죠.
otherself: 신비주의자 같군요.

TERROR4EGO: 살아 있다는 게 신비죠.

이번에는 otherself가 침묵했다.

나는 otherself의 이름도, coldblood의 이름도 모른다. 당연한 일이지만, 테비에서는 서로간의 이름을 모르는 것이 예의로 되어 있다. 물론 서로가 사는 곳도 모르고, 만나지도 않는다. 내가 이곳에서 처음 보았던 DarkMagic과 RORRET처럼 서로 만나는 경우도 있었지만, 그것은 테러가 아직 테러의 맹아였던 시절, 제1세대의 일이다. 나중에 어디선가 본 이야기지만, 테러가 점점 테러다운 모습을 갖추기 시작하던 시기에 DarkMagic은 결국 붙잡혔다. 그는 붙잡히자마자 몇 마디의 협박에 큰 소리로 울부짖으며 RORRET의 이름과 주소를 불었고, 경찰이 그곳을 급습해서 RORRET를 붙잡았다. 그들은 결국 경범죄로 훈방되었지만, 다시는 서로 만나지 않았다고 한다. 그러나 테비에서 이야기하는 '변절자'는 단순한 밀고자가 아니다. 6, 7개월마다 구성원이 바뀌어가는 테비에서, DarkMagic과 RORRET 같은 존재들은 변절자로 이야기되기엔 너무 오래된 인물들이다. 그들은 지금도 테비 어디에선가 활동하고 있을지도 모르고, 아니면 이 세계에서 완전히 발을 뺐을지도 모른다. 테비 사람들은 흘러간 과거에 별관심이 없다.

침묵이 너무 오래되었거나, 채팅을 하면서 계속해서 마셔댄 술기운이 돌기 시작했던 것 같다. 딱히 무슨 말을 해야겠다는 의도도 없이 저절로 손가락이 움직였다.

TERROR4EGO: 당신은 어떤 사물이나 인물에 과다하게 집착한 적이 없는 것 같은 허세를 보이는군요.
otherself: ……무슨 소리죠?
TERROR4EGO: 완벽한 개인이라는 존재가 성취될 수 있는가에 대해 생각해보고 있을 뿐입니다.
otherself: 내가 당신을 몰랐더라면, 아마 당신이 변절자라고 생각했겠죠.

잠잠했다. otherself는 자신이 나를 과연 알고 있는지에 대해 생각해보고 있는 것이 틀림없었다. 그러나 일단 온라인에 쳐넣거나 온라인에서 읽은 대화는 글처럼 수정할 수 있는 것이 아니다. otherself는 갑자기 화제를 바꾸었다.

otherself: 나는 내일 광화문 근처에 있을까 합니다. 무미건조한 생활이 너무 오래되었어요.
TERROR4EGO: 사냥감이 다가와주지 않을 때는 사냥감을 찾아 떠나는 것도 나쁘지는 않겠지요. 부질없는 짓입니다만.

　otherself: 회의가 어울리는 사람은 따로 있는 법이죠.

　TERROR4EGO: 법은 법대로, 나는 나대로 움직입니다. 살아남기나 기원해주십쇼.


　더 이상 할말도, 하고 싶은 말도 없었기에 나는 접속을 끊어버렸다. 벌써 접속한 지 30분이나 지나 있었다. 머릿속엔 아무 생각도 떠오르지 않았고, 술기운과 피로가 온몸에 물밀듯이 밀려왔다. 그것이 바로 내가 바라던 상태였다. 이제 잠들기만 하면 되는 것이다.

"다 끝나셨나요?"

　예기치 못했던 여자 목소리에 나는 반사적으로 뒤를 돌아보았다. 여전히 녹색 원피스를 입고 있는 여신의 모습이 눈에 들어왔다. 샤워를 하고 물기를 깨끗이 닦아내지는 못한 듯, 원피스는 후줄근하게 주름이 잡혀 있었다.

"천천히 샤워를 하지 그랬어요?"

　약간 돌아가기 시작한 혀로 중얼거리는 나를 바라보며, 여신은 젖은 머리를 흔들었다.

"샤워하는 동안 생각이 바뀌었어요. 호의는 고맙지만, 떠나는 편이 낫겠어요."

"이제 와서 낯선 남자의 방에 혼자 와 있다는 게 마음에 걸립니까? 아니면 찾아갈 곳이라도 생각났나요?"
"둘 다 아니에요. 하지만 이대로 포기해서는 안 된다는 생각이 들었어요."
"나와 함께 지내는 건 무엇인가를 포기하는 겁니까?"
그녀는 대답하지 않았다. 그날은 침묵이 많은 날이었다.

여름에서 가을로 넘어가기 시작하는 8월 막바지였다. 밖에서 자더라도 얼어죽을 일은 없을 것이다. 따지고 보면 굳이 그녀를 붙잡을 필요는 없었다. 그러나 나는 그녀를 붙잡고 싶었다— 아마 그녀가 떠나겠다고 말했기 때문일 것이다. 그러나 그녀에게 매달리고 싶지도 않았다. 나는 일어섰다.

"나갑시다."
"······어디로요?"
"오늘 같은 날은 혼자 술을 마시고 싶지 않으니까. 떠나고 싶으면 떠나도 좋아요. 하지만 난 술동무가 필요해요. 이 방에서 술을 마시고 싶지 않다면 밖에 나가서 술집에서 마십시다. 어쨌든 나가지요."

그녀는 잠시 움직이지 않고 서 있었다. 그러다가 작은 소리로 웃음을 터뜨렸다. 짧고 격한, 폐 속에 있는 공기를 모두 토해버리려는 듯한 웃음이었다. 포기하고 싶지 않다고 말하고 있지만 결국은 이 여자도 절망하고 있구나, 하고 나는 멍하니 생각했다. 이곳에서 떠나든 떠나지 않든 이 여자는 후회할 텐데. 동생의 죽음과 그녀의 절망이 후텁지근한 공기에 섞여 가슴을 답답하게 막아왔다.

"왜 웃느냐고 묻지 않으시는군요."

그녀가 웃음을 그치고 조용히 말했다. 나는 힘들게 그녀를 바라보았다. 절망하고 있는 사람 옆에 절망하고 있는 사람이 가는 것은 별로 현명한 일이 아니다. 절망과 절망이 더해지면 새로운 희망이 생겨난다는 사람도 있지만, 그런 말은 믿을 수 없다. 절망과 절망이 더해지면 절망적인 애증이 생겨난다. 자기 자신의 절망과 상대방의 절망의 싸움이 시작되고, 거기에서 생겨나는 새로운 절망은 둘 다를 먹어치워버린다. 나는 그녀가 절망하고 있는 줄 몰랐다. 알았다면 결코 그녀를 데려오지 않았을 것이다.

밖이 점점 더 어두운 푸른색으로 물들어가고 있었다. 문을 더 오래 열어놓으면 모기가 들어올 것이라는 생각이 들었다. 나는 문을 닫고 위스키 잔을 두 개 가져와 위스키를 따랐다. 그녀는 단숨에 술잔을 들이켜고, 약간 기침을 하며 얼굴을 찡그렸다. 술을 많이 먹어본 여자는 아닌 것이다. 나도 내 잔에 위스키를 따라 마셨다. 그렇게 우리는 아무 말 없이 선 채로 두세 잔을 더 마셨다.

마시면서 나는 그녀를 바라보았다. 그리고, 한 가지 새로운 사실을 깨달았다.

그녀는 어린애였다.

어디서 왔는지 모르는 어린애, 진짜로 세상에 대해 무지하고, 더구나 가엾게도 세상에 대한 신뢰마저 없는 어린애 말이다. 대담한 척하는 말과 태도, 벌컥벌컥 들이켜는 위스키 뒤에서 그녀는 절망한 채 바들바들 떨고 있었다. 왜 그것을 깨닫지 못했던가 하고 나는 자책했다. 그렇다고 그녀가 그 절망을 내색했다는 말은 아니다. 어떻게 그것을 알아차렸는지, 단지 나는 그것을 알아버렸다. 이미 알아버렸으니 그녀를 내쫓을 수도 없다. 자신도 그 정체를 알아차리지 못한 화급한 절망 속에서 아버지를 밀어버렸던 동생의 모습이 자꾸 떠올랐다. 동생에게 글을 쓴다는 것은 어렸을 때 겪었던 그 절망의 정체를 밝혀보려는 모험이었을지도 모른다. 그녀는 아무 말도 않고 계속 술을 마셨다. 하지만 눈가에 괸 눈물은 자칫하면 굴러떨어질 것 같았다.

그러다가, 갑자기 그녀가 바닥에 주저앉았다.

나는 그녀의 몸을 일으켜 침대에 눕혀주었다. 의지할 곳도 갈 곳도 없이 서울 거리를 헤매던 긴장감, 그 작은 머리를 계속 괴롭히는 '어떻게 할 것인가?,' 샤워 후에 갑자기 들이켠 독한 술이 몸에 준 충격, 뭐 그런 것들이

다리에서 힘을 빼앗아버린 것이리라. 그녀는 이미 잘 돌아가지 않는 혀로 말했다.
"죄송해요."
"괜찮소. 당신 체중 정도는 내 침대가 버텨낼 수 있어요."
"전 갈 곳이 없어요."
"알아요."
이제 그녀는 고집이 꺾인 어린애였다. 자신의 모든 약점을 고백해버리고, 어떤 처분이 내려질 것인지 전전긍긍하고 있는 어린애. 내일이 되면 그녀는 약간 도도해 보이고, 무너지지 않으려고 애쓰는 자기 자신을 되찾으리라. 하지만 지금은 어둠 속에 던져진 채 울음 소리를 내지 않으려고 필사적으로 입술을 깨문 어린아이일 뿐이었다. 나는 그녀의 머리를 쓰다듬어주었다. 그것은 그날 하룻동안 겪었던 나 자신의 피로를 달래는 동작이기도 했다. 그녀가 힘겹게 눈을 뜨고 나를 바라보았다.
"제가…… 어떻게 해야 하나요?"
"잠을 자요. 불편하다면 난 바닥에서 자면 되니까."
"하지만……"
"자요. 어떻게 할지에 대해 생각할 수 있는 날은 많아요."
내 말에 찬성해서가 아니라 그녀 몸 안을 돌기 시작한

술기운 때문에, 그녀는 얌전히 눈을 감았다. 곧 들뜬 숨소리가 새근새근 들려왔다. 하지만 그녀는 눈을 감고도 가끔 몸을 떨었고, 숨을 한참 멈추었다가 다시 내쉬곤 했다. 푸르스름한 먼동이 터올 때까지, 나는 계속 술잔을 기울이며 그녀 옆에 앉아 있었다.

5

번 호: 15647/28032 ID: otherself  189 Lines
제 목: ## 변절자에 관한 생각 몇 가지 정리 ##

AllClear2님과 4Doomsday님의 글은 잘 읽었습니다. 변절자에 대해서 개념을 정리해야 할 필요가 있다는 것은 저도 동의합니다. 머리에 들어 있는 것도 있고, 무엇보다도 진짜 테러가 뭔지 아는 사람들이 대가리에 피도 안 마른 새끼들한테 '변절자' 라는 음해를 당하는 요즘의 사태는 영 맘에 들지 않습니다. 눈 있는 사람들은 모두 테비가 예전 같지 않다고들 합니다.

지금까지 게시판에 올라온 글을 보니, '변절자' 라는 말이 테비에서 왜 문제가 되는지 이해를 못 하시는 분들이 많아 논의가 오히려 혼선을 빚고 있는 것 같습니다. 그런 분들을 위해 지금까지 '변절자'에 관련되어 생겨났던 일들을 짤막하게 이야기하겠습니다.

'변절자'라는 말이 최초로 게시판에 등장한 것은 2년 쯤 전입니다. Slaughter님과 BloodyMary님이 시작하신, 테러의 본질에 대한 토론에서였습니다. 전 테비를 떠들썩하게 만든 토론이었죠. 그때 Slaughter님은 '인간에게는 단지 자신의 힘을 과시하거나 상대를 자신의 의지에 복종시키기 위한 수단으로서의 폭력 외에도 더 숭고한 목적에 헌신할 수 있는 폭력을 행사하려는 의지가 있다'고 주장하셨습니다. 반면 BloodyMary님은 '세계에 넘쳐흐르는 폭력과 테비의 구성원이 행사하는 폭력이 동일한 성질의 것이어서는 안 된다'고 주장하시면서, 테비의 구성원은 어떤 조건하에서 폭력을 행사할 때 자기 자신을 도덕적으로 정당하다고 생각할 수 있는가, 하는 질문을 던지셨습니다. 물론 여기서 말하는 도덕은 테비 안에서 통용되는 도덕입니다.

그 동안의 논의 과정은 길게 이야기하지 않겠습니다. 테비 사람들이 잠정적으로 합의했던 ─ 합의라고 말하는 것에 어폐가 있을지도 모르겠습니다. 이 합의를 받아들이지 못한 사람들은 테비를 떠났습니다 ─ 몇 가지만을 말해보자면 아래와 같습니다.

0. 테러는 물리적인 폭력이다.

협박 전화를 한다거나 테러할 자의 가족을 유괴함으로써 상대방을 괴롭힌다거나 하는 비겁한 자는 테비에 필요 없다는 것에 많은 분들의 의견이 일치했습니다. 물리적인 폭력을 행사하는 것에는 일종의 용기가 필요합니다. 상대방과 마찬가지로 폭력에 몸을 드러내놓는다는 용기. 테러는 자기 자신이 머리가 좋다는 것을 자랑하려는 행위가 아닙니다. 자기 몸을 다치지 않고 상대편을 괴롭히고 싶으신 분은 crime 비비에 가보시길. 그쪽에서 훨씬 많은 도움을 얻으실 수 있을 겁니다.

1. 테러리스트는 다른 누구를 위해서도 폭력을 휘두르지 않는다.

사회라는 구조 자체가 폭력입니다. 나는 사회화라는 폭력에 밀려 사회에 편입된 개인이고, 테비에 들어온다는 것은 될 수 있으면 사회라는 테두리 가장 바깥에 위치하고자 하는 아웃사이더들이 득시글거리는 속에 내가 자리잡고 있음을 뜻합니다. 나는 사회에 빚진 것이 없습니다. 그러나 사회가 나를 형성하고 있음 또한 부인할 수 없습니다. 그래서 나온 타협안―나는 사회가 형성한 나 자신을 부인하지는 않는다. 하지만 사회 안에 있는 다른 사람들을 '위해서' 폭력을 휘두르지는 않는다. 사회가 내 안에 있음은 어찌할 수 없는 일이지만, 사회나 타인이 이미 형성된 나 개인을 압살하려고 할 때, 폭력을 통해서 개인이 더욱 개인답게 외로워질 수 있을 때는 주저없이 폭력을 휘두른다. 그 경우 이외, 소유욕이나 명예욕, 기타 사회적인 욕구에 의한 폭력은 테러로 인정하지 않는다. 심지어 자신의 혈육이 어떤 부당한 일을 당했을 때 복수의 수단으로 휘두르는 폭력도 테러라 할 수 없다. 사적인 감정에 사로잡혀 휘두른 폭력은 테러가 아니며, 테러는 어디까지나 개인의 주체성을 고양시키는 행위이다.

이렇게 말해놓고 나니 테러리스트의 테러란 어디까지나 방어적 폭력에 지나지 않는 듯한 느낌이 듭니다. ^^

2. 폭력을 휘두르기 위해 다른 어떤 구조도 이용하지 않는다.

여기에 대해선 논란이 많았습니다. 도구를 이용하시는 테러리스트 여러분께서 '총이나 칼을 사용하는 것은 다른 구조를 이용하는 것이냐'는 질문을 해오셨고, 그 질문에 대한 답변도 분분했습니다. 총칼은 무기 생산과 상품 판매 시스템에서 떼어 생각할 수 없는 것이니까요. 첫번째 문제와 연결되어 있다고 보아도 됩니다. 사회가 형성한 나를 인정해야 하느냐=사회가 만들어주는 무기를 쓰는 테러리스트를 과연 독자적인 테러리스트로 인정해야 하느냐. 결국 테비에서는 '구조를 이용해 폭력을 휘두른다'는 개념을 '인간의 조직을 이용해 폭력을 휘두른다'는 것 정도로 정리했습니다. 물론 여기서 '이용'의 개념은 상식적인 것입니다. 칼을 이용한다는 것이 무기 제조 조직을 이용한다는 것으로 확대 해석되는 일은 없기 바랍니다. 앞에 올라온 글들을 보면, 오직 손과 발만을 이용해야 한다는 강박관념에 사로잡힌 분들이 몇 분 있었습니다. 솔직히 저도 그런 생각에서 자유롭지 않음을 고백합니다. 칼까지는 모르겠지만, 총을 사용한다는 것은 테러 상대방에 상당한 우위를 점하고 들어가는 방식이니까요. 하지만 그건 저의 개인적인 기호일 뿐이고, 다른 사람들에게 강요하고 싶은 생각은 없습니다. 다른 사람들에게 강요하려는 분들께 묻습니다. 그럴 바에는 음식은 왜 먹습니까? 기본적인 생활을 유지하며 살아 있는 것이야말로 사회 전체를 인정하는 것인데요.

3. 폭력은 사회에 저항하려는 의도로 저질러지는 것

이어서는 안 된다.

 이 조항은 해석에 따라 여러 가지 뜻을 지닐 수 있기 때문에 많은 분들의 항의를 받았습니다. 물론 사회에 저항하려는 의도로만 저질러지는 폭력도 1, 2에 다 해당될 수 있습니다. 타인들을 위해 어떤 새로운 사회를 만들고자 하는 것이 아니라 단지 이 사회의 문제점에 절망적으로 화가 나서, 다른 누구의 힘도 빌리지 않고 혼자서 대통령의 가슴에 총알을 쑤셔박아주러 간다—는 분도 있을 수 있으니까요. 이 경우 1, 2에 저촉되지 않습니다.

 그러나 여기서 말하고자 하는 것은 명백합니다. 우리 자신의 의도가 폭력을 좌우하도록 하지 말자, 이겁니다. 우리가 행사하는 폭력 자체가 사회를 불안하게 하는 현상은 될 수 있습니다. 파급 현상이라는 것도 있고, 구조적인 폭력 외에 개인적 폭력을 인정하지 않는 배타적인 사회에서 개인적 폭력을 저지른다는 것 자체가 이미 저항이기 때문입니다. 그러나 개인이 '저항'의 의미로 폭력을 사용한다면, 폭력은 그 순수성을 잃어버립니다. 더구나 여러분들은 테비 1세대와 2세대가 교체되던 시점, 경찰이 테비를 집중 수사했던 때 들고 나왔던 빌미가 무엇이었는지 기억하고 계실 겁니다. '반체제 단체'—그 말은 맞습니다. 대부분의 테비인들은 지금까지 세워져 왔던 어떤 체제도 마음에 들어하지 않으니까요. 하지만 테비인들이 그런 일로 경찰에 피를 볼 필요는 없습니다. 경찰이 두려워서 사회에 저항하지 말자는 건 아닙니다. 오히려 개개인의 의도가 폭력이라는, 우리가 자유롭기 위해 그 힘을 빌려오기 때문에 더더욱 전적으로 자유로워야 하는 행위를 얽매지 말아야 한다는 것입니다.

4. 금전욕이 개입된 폭력은 순수한 폭력이 아니다.

이것은 미묘한 문제이자 역사적인 문제입니다. 다른 문제와는 달리 스스로의 양심에 맡길 수밖에 없는 것이기도 합니다.

테비 초기, 테러를 한 테러리스트들에게 사람들이 열광적으로 박수를 보내고, 그도 부족해서 돈을 던지기 시작했을 때, 테비인들은 모두 당황했습니다. 스스로를 만족시키기 위해서 시작한 테러가 다른 사람을 만족시킨 결과가 되었을 뿐만 아니라, 사회 시스템을 상징하는 돈까지도 받게 되다니! 이 결과에 대해 무수한 의견이 오갔습니다. 대다수의 테비인들이 우려했던 대로, 돈을 받기 위해 '사람들이 공감할 만한' 테러만을 전문적으로 저지르는 자들도 생겼습니다. 분격한 테비인 몇 명은 거

꾸로 그들에게 테러를 하기도 했지요. 하지만 대다수의 테비인들이 사회적 부적응자인 것을 고려할 때, 사람들이 던져주는 돈이 그들의 생계에 커다란 도움을 준다는 점도 지적되었습니다. 그래서 테비인들 사이에는 몇 가지 암묵적인 합의가 이루어졌습니다.

—테러는 순수하게 자발적인 것이어야 한다(돈을 벌려는 목적으로 이루어지는 테러는 테러라고 불릴 수 없다).

—돈이 테러의 원인이 아니고 결과일 때, 테비는 그것을 비난하거나 거기에 대해 역테러를 가하지 않는다.

—그러나 테러로 돈을 많이 번다는 것은 아직까지 테러를 저지르는 개인이 사회에서 요구하는 감정에서 많이 벗어나지 못했다는 증거이므로, 돈을 많이 받는 자는 하루빨리 그런 상태를 벗어나려 노력해야 한다.

—테비인들은 돈을 목적으로 하는 테러를 적발하려 노력하지 않는다. 그러나 순수하게 돈을 목적으로 한 테러를 목격했을 경우—테러를 저지른 자가 노골적으로 돈을 요구할 경우라든지—언제라도 분노할 권리가 있다(분노의 결과는 다양하게 나타난다. 테비에서 친분 있던 자들의 단교, 테비에서의 아이디 정지, 역테러, 항의 메일 등등).

테비의 공식적인 입장은 '테러로 돈을 버는 개인에게

테비 이름으로 제재를 가할 수 없다. 그러나 테러로 돈을 버는 개인에게 가해지는 역테러 또한 테비가 제재할 수 없다' 입니다.

지금까지 앞에서 말한 내용을 요약해보자면, '나를 위한, 나에 의한 폭력만을 휘두른다' 입니다. '나의' 라는 말을 써서 유명한 게티스버그 연설을 흉내내보자는 유혹도 받습니다만…… '나의' 라는 말까지 쓰면 나만의 독창적인 폭력을 휘둘러야 한다는 말 같아서 쓰지 않습니다. 완전히 독창적인 개인과 마찬가지로 완전히 독창적인 폭력이란 존재할 수 없기 때문입니다.

다시 한번 정리합니다. 모든 테비인들에게 있어서, 폭력은 우리가 우리 이외의 어떠한 것들로부터도 자유스러워지기 위해 택한 하나의 길입니다. 종교를 이용해 돈을 벌어먹거나 사욕을 채우는 자를 사이비 교주라고 부르지 종교인이라고 부르지 않는 것처럼, 그 길에서 벗어나는 자는 단순한 폭력배일 뿐이지 테러리스트가 아닙니다. 우리는 그런 자들을 변절자라 부릅니다.

오랜만에 이렇게 정색하고 글을 써보니 우습군요. 낄낄. 위의 내용에 반론이 있으면 게시판에 올려주세요.

언제라도 환영합니다.

　　　　　　　　　　—나는 또 다른 당신입니다
　　　　　　　　　　　　　otherself

II

1

 그의 오피스텔은 쾌적하다. 그가 나가고 난 후, 녹차를 한 모금 마시며 글을 쓰기에는 더할 수 없이 쾌적하다. 그는 자신의 컴퓨터에 bookkeep이라는 디렉토리가 생긴 것을 알면서도 모른 척한다. 그는 내가 글을 쓰는 것을 좋아하지 않는다…… 이것은 나의 느낌만은 아니다. 언젠가 그는 내가 컴퓨터 앞에 앉아 있는 것을 보고 얼굴을 찌푸린 적이 있다. 그러나 어쩔 수 없다. 시간은 나의 편이 아니라는 불길한 예감이 자꾸 가슴을 옥죈다. 쓸 수 있을 때, 쓸 수 있는 것을 빨리 써야 한다……
 하지만, 나는 왜 이런 글을 쓰고 있는 걸까? 이제는 잊혀져버린 옛 맹세, 흰빛과 검은빛의 여신(주: 책 혹은 글의 여신을 말하는 것 같다)에게 바쳤던 맹세 때문일까? 그때 우리는 어렸고, 삶과 글의 신비에 대한 외경심에 가득 차 있었다. 머리 위에 흰 베일을 하나씩 쓰고, 예배당 전체를 감싸는 찬송가의 선율과 제단 앞에 일렁이는 촛불에 가슴을 두근거리며 한 줄로 서서 신성한 서원을 바치던 그날은 이미 지나갔는데, 무엇에 이렇게도 미련이 남은 것일까? 내가 읽어본 수많은 서적 수집인들의 수기는 모두 확신과 긍지에 가득 차 있었다. 나처럼 이렇게, 아무 데도 오갈 수 없는 궁지에 몰려 두서 없이 글을 쓴 사람은 아무도 없었는데, 이렇게 어쩔 수 없이 글을 써서 남기는 것이 과연 여신에게 바친 맹세를 충실히 실행하는 것일까? 차라리 아무것도 남기지 않는 편이, 아무 말 없이 삶의 페이지를 접어버리는 편이 나은 것이 아닐까?

하지만 이미 시작한 일이다…… 시작이라는 것이 얼마나 무서운지…… 한번 시작한 일은 우리의 삶을 떠나지 않는다…… 아무리 잊어버려도, 어딘가에 숨어 있다가, 생의 어두운 모퉁이에서 다시 나타나 그 흉한 얼굴을 들이밀며 '나다!' 하고 소리치는……

나는 서적 수집인이었다.

나는 서적 수집인이었다. 서적 수집인이라는 말은, 책

을 넘기는 손가락 뒤에 따라붙는 옅은 그늘, 황금 사자의 입 속에 숨어 뛰어나올 때만을 기다리는 난쟁이, 부드럽게 꿈틀대는 뇌 깊숙이에 박힌 갈고리 같은 것들을 연상시킨다. 황혼녘에 켜진 하얀 스탠드…… 모호한 글귀 사이에 숨어 있는 뜻을 정교하게 세공하는 장인…… 가벼움, 오직 하늘로 날아올라갈 듯한 가벼움을 위해…… 처음 서적 수집인 학교에 들어갈 때 외웠던, 서적 수집인의 수칙 제1조: 서적 수집인은 오로지 모든 것을 선망하고, 그(혹은 그녀)의 주인에게 실망을 안겨주지 말아야만 한다.

어디서부터 그 모든 것이 시작되었을까? 고아원이라는 어두운 그늘 아래서도 수군거리고 재깔거리는 아이들 사이에서, 홀로 조용히 책장을 넘기고 있던 하얀 손가락…… 거기에서부터 운명이 결정되었는지도 모른다. 책 속에 머리를 파묻고 있다가 눈을 들어 바라보는 하늘은 너무나 푸르러서, 모든 것이 빨려들어갈 것만 같았고, 나는 가끔 현기증을 느끼며 이유 없는 울음을 터뜨리곤 했다. 그러면 얼굴이 동그랗고 뺨이 붉은 보모는 측은한 눈길로 나를 바라보며 침대로 안아 데려갔다. 그녀는 내게 밀려올 운명에 대해 어렴풋이나마 느끼고 있었던 것이 틀림없다…… 그녀가 경고해줄 수도 있었을 텐데…… 하지만 인생에서의 빨간 신호등은 황혼과 같아서, 언제나 너무 빠르거나 너무 늦게 켜진다. 그것을 무시하고 있다가 어둠이 닥쳐왔다고 자책해보아야 아무 소용 없는…… 나는 이 모든 것을 극복한, 위대한 서적 수집인들의 수기를 좋아했다. 물론 그때는 그런 극복이, 그런 위대함이 얼마나 힘든 일인지 몰랐다.

고대 그리스의 어느 벼락부자는 똑똑한 노예들을 샀다고 한다. 머릿속에서 은빛 비늘이 팔랑이는, 신선한 물고기들…… 그는 그들에게 호메로스와 아리스토파네스와 소포클레스를 암송시켜서 자기 집 구석구석에 열 걸음 간격으로 세워두었다. 자기 집에서 열리는 향연이나 모임에서 학식을 과시해야 할 필요가 있을 때면, 그는 눈 닿는 곳에 있는 노예 아무나 쳐다보기만 하면 되었다. 그러면 그 노예의 입에서 그때 인용할 만한 말, 필요한 문구가 줄줄 터져나왔다. 그는 흐뭇한 얼굴로 고개를 끄덕이며 자기 소유인 그 노예 앞을 의기양양하게 지나쳤다. '보십시오, 저게 제가 가진 지식입니다!' 그 시절 지식인들은 그를 비웃었다. 그 벼락부자가 그 비웃음에 신경을 썼을까, 쓰지 않았을까? 그 동안 흘러간 몇천 년의 세월을 지워버리고 생각한다면 서적 수집인도 그 노예와 비슷하다. 하지만, 서적 수집인의 소유자를 비웃는 사람은 아무도 없다. 돈의 힘, 권력의 힘, 아직 잠에서 깨어나지 못해 몽롱한 채로 그 비웃음에 복수하기 위해 몇천 년 동안이나 기다렸고, 드디어 완성되자 마침내 승리한 그 힘…… 별을 움직이는 힘보다 더욱 강력하고, 신성보다도 더욱 신성해져버린 그 빛나는 힘이 나를 파멸시킬 것이다.

  어제 오후엔 서점에 갔었다. 책을 대한 것이 무려 석 달 만의 일이었다. 옛날의 나 같으면 상상도 하지 못했을 것이다…… 석 달이나 책과 떨어져 있었다니! 그가 따라와주었다. 그는 내가, 말로는 꺼낼 수 없는 어떤 은근한 위험에 시달리고 있다는 것을 이해하고 있다. 그것이 내가 여기에 주저앉게 된 이유인지도 모른다…… 그는 그냥 싱긋 웃으며, 자신에게도 비슷한 것이 있다고 말했다. 나는 그가 웃는 모습을 좋아한다. 그것은 강인하면서도 애처로운 어떤 짐승을 상기시킨다. 나처럼? 나는 아니다. 나는 강하지 않다. 나는 연약하고, 연약하고, 한없이 연약하다…… 서점에 서서 휘청거리는 눈빛을 하고 낯선 곳에 온 것처럼 두리번거리는…… 한때 나는 책에 적혀 있는 말들에 생명을 줄 수 있었다. 황금빛의, 주홍빛의, 검은색의 정장들 사이에서 화려하게 타오르다 사라지던 말들, 내가 그 말들에게 못 할 짓을 한 게 아닌가 하는 생각이 든다. 어제 오후, 나는 팔을 뻗어 책 하나를 꺼내 펼쳐보았다. 거기에 적혀 있는 활자들은 예전처럼 내 눈을 따르지 않았다. 그들은 차라리, 낯선 숲의 나뭇가지들처럼 적대적이었다. 나는 책 속에서 길을 잃었고…… 단어 하나하나, 문장 하나하나가 완강하게 나를 거부하고 있었다. 책에 적힌 것을 한마디도 이해할 수 없었다. 그의 손이 다가와 어깨에 얹힐 때까지, 그저 망연히 그 숲을 바라보고 있을 수밖에 없었다.

나는 두려워하고 있었다…… 눈길…… 서점 어딘가에 나를 살피는 눈길이 있을지도 모른다는 것…… 주인은 아직 나를 포기하지 않았을 것이라는 생각이 떠나지 않는다. 그는 내가 '주인'이라는 말을 꺼낼 때마다 불같이 화를 낸다. 아무도 나를 노예로 만들 수 있는 사람은 없노라고. 아마 그에게는 그 말이 맞을지도…… 누군가를 '주인'이라고 부르는 그를 상상할 수는 없다. 그러나 모든 편지에 수신인이 있고, 모든 책에 주인이 있듯이, 모든 서적 수집인에게는 주인이 있다. 변할 수 없는 사실이다.

그는 이런 이야기에 관심이 없다. 그것이 그답다. 언젠가 그의 글을 넘겨다본 적이 있는데, 마음의 들판을 차고 나가는 듯한 날카로운 발톱…… 그의 글같이 글을 쓰고 싶다는 생각이 들었다. 이런 이야기는 더 이상 하고 싶지 않다. 그의 문체로, 그와 같이 지낸 일들만을 쓰고 싶다.

2

 그가 그 다음날 제일 처음 한 일은 내게 옷을 사주러 함께 나가는 것이었다.
 그때, 솔직히 말하면 나는 무서웠다. 그 전날 내가 헤매고 다니던 것을 생각하면 이상한 일이다. 그 전날, 나는 세상에 처음 발걸음을 내딛는 어린아이였다. 주인에게 내쫓기고, 아무것도 할 줄 모르는 채 세상을 떠돌아다녀야 했던 나…… 무슨 일을 당할지, 아무런 마음의 준비도 되어 있지 않았고…… 그러나 그때는 두렵지 않았다. 무엇에 홀린 듯 낯선 세상을 흘러다녔을 뿐이었다. 그 다음날, 그와 함께 옷을 사러 나가던 날이야말로 세상에 처음 발걸음을 내딛는 어린아이가 된 것 같았다. 바깥의 모든 것이 두려웠다. 습기 어린 공기, 흘러넘치는 햇빛조차도 내게 적의를 품고 있는 것만 같았다. 그는 창백해진 얼굴로 신발을 신는 나를 재미있다는 듯 쳐다보았다.
 "밖에 나가기 싫어요?"
 "네? 아니…… 잘 모르겠어요……"
 '하지만 무서워요.' 이 말이 입 바깥까지 나오려다가 도로 들어갔다. 그는 신발을 신는 나를 부축해주었다.

그의 손이 닿자, 나는 징그러운 벌레라도 만진 듯이 움츠러들었다. 그러나 그는 내 팔에서 손을 떼지 않고 나를 지켜보고만 있었다. 천천히, 아주 천천히 나는 긴장을 풀었다. 그가 현명했다. 문밖으로 첫 발걸음을 내디딜 때, 다리가 떨려 그의 팔에 기대지 않을 수 없었다.

그와 함께 나간 바깥 세상은 신기할 뿐이었다. 그 전날 나는 절망에 눈이 멀어 있었던 걸까? 내가 아는 것이라고는 아무것도 없었고, 모든 것이 새로웠다. '저기 저 여자가 안고 가는 동물은 뭐예요?' '저건 개에요. 애완견. 아마 테리어 종류일까.' '저것이 무언가요?' '이발소 표시지. 빙글빙글 돌아가니까 신기해요?' 끊임없이 퍼붓는 질문을 지겨워하지도 않고 내 무지함에 놀라지도 않은 채, 그는 일일이 대답해주었다. 나는 말을 처음 배우는 어린아이 같았다. 하나하나 그의 설명을 듣고, 머릿속에서 내가 아는 단어와 맞춰보느라 정신이 없었다. 지금까지 내가 알았던 것은 세수하고 양치하는 것밖에 없는 것 같았다! 서적 수집인으로서 놀라운 일은 아니다······

우리는 백화점에 갔다. 그는 몸에 딱 달라붙는 화려한 티셔츠와 청바지, 허리 부분이 잘록하게 들어간 짧은 갈색 원피스, 굽이 있는 구두를 샀다. 옷을 걸치고 거울 앞에서 어색하게 돌아보는 나를 보며 점원과 그가 함께 웃었다. 집에서 입을 옷으로는 근처 지하 상가에서 파는 헐렁헐렁한 티셔츠와 무릎까지 오는 레깅스를 두어 벌. 속옷과 양말, 스타킹도 잊지 않았다. 나는 그의 꼼꼼함에 감탄하지 않을 수 없었다.

"여자 옷이라서 고르기가 쉽지 않을 텐데…… 많이 사 보셨나봐요?"

말을 꺼내고는 후회했다. 여자 관계에 대해 캐묻는다고 느낄지도 모른다는 생각이 뒤늦게야 든 것이다. 그의 표정이 약간 어두워졌다.

"동생과 함께 있을 때…… 동생이 옷을 사면 항상 나를 끌고 갔죠."

'동생분은 지금은 어디 계시나요?' 하고 묻고 싶었지만, 지금까지 쌓은 훈련 덕분에 아무 말도 하지 않고 지나칠 수 있었다. 그의 여동생이 죽었다는 이야기는 한참 후에야 들었다. 그때쯤에는 나도 웬만한 사물들에는 신기해하지 않을 정도로 익숙해져 있었다.

그때쯤은 근처 슈퍼에 가서 장을 봐올 수도 있었던 때다. 너무 어려운 요리는 할 수가 없었지만, 그는 입맛이 까다롭지 않았다. 그때쯤엔 이미 그와 잠자리도 나눈 후였다. 우리 둘 다 내가 임신했다는 것을 알지 못했던 때였는데도, 그는 아주 조심스럽게 그의 몸을 내 몸 위에 실었고…… 하여간, 나는 매일 저녁 장을 보았다. 그는 적당량의 고기와 채소가 들어간 음식이면 무엇이든지 잘 먹었다. 요리법을 하나하나 익혀가는 것도 큰 즐거움이었다.

슈퍼 건물 바로 앞에서는 한 할머니가 채소를 팔고 있었다. 때가 꼬질꼬질 낀 연두색 티셔츠와 카키색 몸뻬를 입은 그 할머니는 쭈그려앉은 채로 지나가는 여자들을 손짓으로 불러댔다. 그러면 여자들은 자석에 끌린 쇠처럼 그 할머니에게 다가가곤 했다. 그 여자들 모두가 할머니의 채소를 사는 것은 아니었지만, 어쨌든 대부분의 여자들이 그 할머니 앞으로 가서 할머니가 하는 말을 듣고 갔던 것이다. 신하들마냥 허리를 굽힌 여자들에게 위엄 있게 무언가를 말하고 있는 할머니는 채소의 여왕처럼 보였다. 푸른색 옷을 입고 푸른 채소들의 시중을 받고 있는 채소의 여왕님.

그 할머니는 내게도 손짓을 한 적이 있었다. 채소를 살 생각이 있는 것은 아니었지만, 다른 여자들이나 마찬가지로 나도 할머니 쪽으로 다가갔다. 몇 달째 나를 보면서도 할머니는 한번도 나를 부른 적이 없었기에, 할머니가 다른 여자들에게는 무엇을 말하는 것인지 궁금해하던 차였다. 내가 할머니 앞으로 가서 다른 여자들처럼 무릎을 구부려 앉자, 할머니는 불문곡직하고 내 손을 잡았다. 깜짝 놀라 손을 뺄까말까 망설였지만 할머니의 기분이 상할까 두려웠다. 한참 후에 할머니가 말했다.
"손이 차구만, 색시."
"⋯⋯네?"
"손이 찬 건 좋은 일이야. 남정네들은 손이 찬 여자를 좋아해. 자기네들이 색시를 좋아하는 마음으로 색시 손을 녹여줄 수 있다고 생각할 거거든."
"할머니⋯⋯."
"하지만 착각이지. 색시 손은 못 녹여. 한 번 차가운 건 죽을 때까지 차가운 건데, 그걸 무슨 수로 녹이누. 그건 사람이 녹일 수 있는 게 아닌데⋯⋯"
"⋯⋯점쟁이 같은 말씀을 하시네요."
"색시가 외롭고 고달픈 건 사람이 없어서가 아냐. 색시가 기가 약해서, 남이 아무리 자길 위해줘도 그걸 못 받아들이고, 남이 못살게 굴면 더 휘청거리고, 그런 거야. 그러니까 행여나 색시도 착각하지 마. 행복해질 수 있을 거라고 착각하면 큰코 다쳐."
"⋯⋯."
"채소나 사가. 싸게 줄게."
 슈퍼에서 상추를 이미 샀음에도 불구하고, 나는 할머니가 건네주는 상추 한 봉지를 집어들고 황망히 줄달음질쳤다. 얼마를 주었는지 기억도 나지 않았다. 그날은 아무 일도 하지 못하고 그가 오기만 기다렸다. 하지만 내가 그 이야기를 했을 때, 그는 그냥 웃어넘겼다.
"그러니까 그 맛에 여자들이 할머니 주위에 모여 있는 거야."
"무슨 맛이오?"
"여자들은 점치는 걸 좋아하니까. 그런 신비스러운 분위기 같은 거 말야. 그 할머니도 그걸 아니까 괜히 몇 마디씩 주워들은 얘기를 폼잡고 중얼거려보는 거야. 신경 쓰지 마. 그런 거 하나하나에 신경을 썼다가는 남아나는 신경이 없겠다."

나는 아무 말도 못 하고 입을 다물었다. 그 후로 그 할머니는 내게 손짓하는 일이 없었고, 나도 그 할머니가 다시 나를 부를까 두려워 일부러 꼬박꼬박 슈퍼 뒷문으로 다녔다. 혹시, 그 할머니도 주인과 관계가 있는 사람은 아니었을까? 그 말은 차마 그에게 할 수가 없었다. 그에게 내가 지내온 이야기를 한 후로, 과거와 연결되는 말이 한마디라도 내 입에서 나오면 그는 거친 몸짓으로 제지했다. 그의 말에 따르면, 그것은 단지 잊어버려야 할 일일 뿐이었다. 내가 살아온 삶은 그가 살아온 삶이나 마찬가지로 기나긴 악몽이고, 악몽이 저 멀리서 손짓할 때는 더 이상 가까워지기 전에 망각으로 외면하는 것이 최선책이라는 것이었다.

그가 나를 위해 얼마나 노력하고 있는지 나도 안다.

이 글을 다 쓰고 나면, 나도 그가 원하는 대로 과거를 잊을 수가 있을 것이다. 진창 속에 가라앉은 쇠구슬처럼, 과거는 가슴속에 박혀 잘 빠지지 않는다. 그것을 빼내는 방법은 그것에 대해 말하고 또 말하는 것뿐이리라. 말을 하고 하고 또 하다 보면 사람은 말뿐만 아니라 느낌에 대해서도, 어쩌면 기억에 대해서도 둔감해진다. 완전히 둔해져서 그것을 타인의 것처럼 아무 감흥 없이 바라볼 수 있을 때, 그때 비로소 과거는 죽는다.

나도 내 과거를 죽이고 싶다.


3

서적 수집인은 어떤 전화번호부나 직업 목록에도 나와 있지 않은 직업이다. 어느 직업 소개소에 가도 그런 직업은 소개해주지 않고, 어떤 연줄을 통해서도 서적 수집인으로서 취직할 수는 없다. 서적 수집인은 아주 어렸을 때부터 훈련을 받는다. 그들은 보통 전국의 고아원에서 뽑혀온다. 아무런 연고가 없을 것, 책을 좋아할 것. 이 두 가지 요건을 충족시키는 아이는 그리 많지 않다. 서적 수집인의 자질이 있으면서도 단지 고아원에 책이 없어 그들의 자질을 알아볼 수 없었기 때문에 완전히 다른 경로의 인생을 걸어간 아이들도 상당히 많을 것이다. 다행인지 불행인지 우리 고아원에는 책이 꽤 있었다. 그리고 나는 책을 좋아했다. 저녁 먹고 나서 바글거리는 애들을 제치고 낡은 컬러 TV 앞을 차지할 만한 그악스러움이 없었기 때문에 책을 더 열심히 읽었는지도 모르겠다. 대부분이 기증 도서인 고아원의 책들은 모두 책장이 누렇게 떠 있었다. 창문으로 비쳐오는 햇빛이 점점 어두운 그늘에 덮여가고 온 하늘에 황혼이 붉게 퍼질 때까지 책을 읽으면, 가끔가다 그 누런 책장이 글자들과 더불어 반짝반짝 황금빛으로 빛나는 느낌이 들곤 했다.

당연하게도 나는 부모가 누군지 모른다. 알아보고 싶은 생각도 없다. 나의 정신을 키운 것은 부모가 아니라 책이었고, 피와 살을 가진 사람들—그를 제외하고는—이 내게 해준 것은 거의 없었다. 제도와 책이 나를 키웠다.

매일 밤, 보모가 아이들 방을 순찰했다. 혹시나 도망간 아이들은 없는지, 누가 전염병에 걸리지나 않았는지, 모두 잠들어 있는지. 우리 방은 계단 바로 옆의 조그만 방이었다. 조용하고 얌전한 여자애들만 모여 있어서, 보모들은 늘 우리 방은 들어와보지도 않고 지나쳤다. 보모는 모두 세 명이었다. 하나는 얼굴이 동그랗고 뺨이 사과처럼 빨간, 나이 어린 여자. 이 사람은 그 고아원에서 가장 나이 많은 남자 아이와 다섯 살밖에 차이가 나지 않았다. 나이도 어린 데다가 아이들을 좋아하는 성품이어서 아이들이 잘 따랐다. 또 하나는 차가워 보이는 분위기를 자아내는 금테 안경을 쓰고 있지만 사실은 늘 덜렁거리고 유쾌한 농담을 툭툭 잘 던지던, 지금 내 나이보다 한두 살 더 먹었던 긴 머리 여자. 마지막 사람은 차분하고 꼼꼼하고 여자다운, 특징도 장단점도 뚜렷하지 않은 중년 여자였다. 그녀는 우리에게 거의 말을 걸지 않았다. 세 사람의 이름은 하나도 기억나지 않는다.

어린아이들은 이분법의 안경을 쓰고 세상을 바라보곤 한다. 이쪽은 착한 쪽, 저쪽은 나쁜 쪽. 그래서 아이들은 좋아할 사람을 필요로 하는 것만큼이나 미워할 사람도 필요로 한다. 그렇기 때문에 아이들은 때때로 아무 이유 없이 가혹해진다. 우리 고아원 아이들도 마찬가지였다. 아이들은 그 '아무 특징 없는 보모'를 미워했다. 아무 특징이 없고 나이를 많이 먹었다는 이유만으로. 그 보모를 나쁘게 말하는 나이 많은 아이들의 말을 듣고, 나이 어린 아이들도 그녀를 무서워하고 싫어했다. 나도 마찬가지였다. 그러니 어느 날 밤, 기분 좋은 꿈을 꾸고 있던 내가 이상한 소리에 눈을 떴을 때, 나를 안고 있는 사람이 그 보모라는 것을 깨닫고 얼마나 놀랐겠는가! 나는 도로 눈을 꼭 감아버렸다. 그러나 보모는 속지 않았다.

"깼구나, 여신이."

베고 있던 베개가 보모의 무릎이라는 것을 알고 소스라쳐 몸을 일으키기는 했지만 무엇을 말해야 좋을지 알 수가 없어서 나는 침묵을 지켰다. 내가 앉아 있는 곳은 어느 승용차 뒷좌석이었다. 가끔 몸 전체가 흔들리고 덜컹거렸다. 자고 있는 새에 보모가 나를 차에 실어온 것이다. 내가 잠결에 들었던 이상한 소리는 차에서 나는 소리 — 자동차 엔진 소리였다. 그게 내가 처음으로 차를 타본 때였다. 평소 같으면 기뻐서 어쩔 줄 몰랐겠지만, 늘 무서워하던 사람과 밤중에 둘이 차 뒷좌석에 앉아 있다는 것은…… 참으려고 참으려고 해도 참을 수가 없었다. 입이 저절로 비쭉거려지고 눈물이 마구 흘러나왔다. 나는 흐느껴 울었다. 보모가 내 등을 토닥거렸다.

"여신이 왜 우니? 뚝! 지금 좋은 데 가는 거예요. 여신이 여기 가면 맛있는 것도 많이 먹고, 여신이 책 좋아하지? 책도 많이 보고……"

보모의 말은 조금도 불안을 덜어주지 못했다. 마침 그날 읽던 동화책은 한밤중에 어린아이를 데려다 잡아먹어버린다는 거인 이야기였던 것이다. 하지만 나는 어린아이였다. 어른의 말에 대한 본능적인 신뢰감이 있었다. 목까지 울음이 차서 훌쩍거리면서도 나는 반신반의하며 물었다.

"근데 왜 밤에 가요?"

"거기는 여신이 혼자만 가는 거거든. 여신이만 가면 다른 친구들이 화내고 싫어하잖아. 왜 자기는 안 데려가냐고 막 떼를 쓸 거란 말이야. 여신이 생각에도 그렇지?"

흐느낌이 조금씩 잦아들기 시작했다. 조금 분명해진 발음으로 다시 물어보았다.

"그런데, 왜 나만 데려가요?"

보모는 주저하지 않고 대답했다.

"거기는 책을 좋아하는 아이들만 갈 수가 있는 곳이거든. 푸름원에 여신이보다 책 좋아하는 애 있니?"

"없어요."

나는 냉큼 말했다. 어느덧 울음은 멎어 있었다. 어린 자만심에, 보모의 말은 사리에 맞는 것 같았다. 아까의 불안은 어디론지 가버리고 이런 기회를 놓치면 안 되겠다는 생각이 머리에 가득 찼다. 달리는 차 안에서 나는 과자와 장난감, 아직 보지 못한 새 책들, 혼자 볼 수 있는 TV에 대한 공상으로 행복했다.

마침내 차가 멈췄다. 보모가 미리 준비해온 검은 천으로 눈을 가리면서 '여기는 비밀 장소니까……' 하고 속삭였을 때 잠시 불안감이 되살아났지만, 한밤중의 모험이라는 들뜬 마음 때문에 곧 잊어버렸다.

눈이 가려진 채로 보모의 손에 이끌려 한참을 걸었다.

그 후 내가 15년 동안을 보냈던 곳. 이제는 누가 일단 데려다주기만 한다면 눈을 감고도 훤히 돌아다닐 수 있는 곳이다. 하지만 그때, 앞을 못 보고 더듬어가는 복도와 통로는 일곱 살 아이의 걸음으로는 얼마나 답답하고 길었던지…… 머리 뒤에서 보모의 손이 천을 묶은 매듭을 풀고 있는 것을 알았을 때, 천이 풀리고 눈앞에 나타나는 것이 아이를 잡아먹는 괴물이라 하더라도 반가울 것 같았다.

눈이 부셨다. 얼굴을 온통 찡그린 채 몇 번 눈을 끔벅거렸다. 빨간 천이 깔린 낯설고 커다란 복도가 조금씩 눈에 들어왔다. 보모가 서 있으리라 생각했던 뒤쪽을 반사적으로 쳐다보았을 때, 보모는 이미 멀어져가고 있었다. 대신 사십대 정도의 인상 좋은 아저씨가 내 뒤에 서 있었다. 보모를 쫓아가고 싶었으나 마법에 걸린 듯 몸이 움직이지 않았다. 아무도 말해주지 않았지만, 이제는 돌아갈 수 없다는 것을 알고 있었던 것 같다. 뒤에 서 있던 낯선 아저씨는 스스럼없이 내 등을 툭툭 두드렸다.

"잘 왔다. 이름이 여신이라고 했지?"

"……네……"

"저 문으로 들어가면 된단다. 저기 저 문 보이지?"

그의 어조는 친절했지만, 싫다고, 돌려보내달라고는 절대로 말할 수 없을 정도로 위압적이기도 했다. 나는 그의 손가락이 가리키는 곳을 바라보았다. 몇 걸음 떨어져 있지 않은 곳에 내 키의 세 곱절도 넘을 것 같은 거대한 문이 열려 있었고, 내 또래의 아이들 몇몇이 이미 그 문으로 들어가고 있었다. 그들의 발걸음도 나만큼이나 불안해 보인다는 것이 그나마 용기를 주었다. 나는 후들후들 떨며 문으로 들어갔다.

(*모든 소설책에서, 문은 한 인생에서 다른 인생으로 넘어가는 커다란 계기에 대한 은유이다. 아마 그것이 맞을 것이다.)

서적 수집인의 수칙 제1조: 서적 수집인은 오로지 모든 것을 선망하고, 그(혹은 그녀)의 주인에게 실망을 안겨주지 말아야만 한다.

우리가 서적 수집인 학교에서 제일 처음 외운 것은 바로 이 문장이었다. 나중에, 그곳에서 10여 년을 지낸 후 조교 생활을 할 때, 나는 왜 뜻도 모르는 아이들에게 그것을 아침저녁으로 외우게 하는지 곽재훈 선생님께 여쭤보았다. 내 등을 두드렸던 그 아저씨가 곽재훈 선생님이었다. 그분은 7학년부터 9학년까지 내 담임 선생님이시기도 했다. 곽선생님은 싱긋 웃으며 대답했다.

"어릴 때 들은 말일수록 몸에 새겨지니까. 우리가 처음부터 우리에게 주어진 말들을 모두 다 알고 있는 게 아니잖아? 말은 물처럼 몸으로 흘러들어오고, 문신처럼 새겨지고, 그 다음에 우리와 함께 사는 거지. 말들이 우리 안에서 나이를 먹어가면 먹어갈수록, 그것이 우리 일부인 것처럼 착각하게 되고. 그러니까 어릴 때 외우는 게 저항이 적어. 통증도 적고."

그리고 곽선생님은 혼자 고개를 끄덕거리며 입을 다무셨다. 곽선생님은 원래 말수가 적었고, 더욱이 내가 그 질문을 던질 때쯤엔 세월의 흐름이 검던 머리를 반쯤 물들였을 때였다. 사람들은 나이가 많아져가면서 자신에게 자명한 것에 대해서는 말을 많이 하지 않는 것 같다. 사람들이 말할 때는 확인받고 싶을 때이다. 자신의 말, 자신의 생각, 자신의 느낌이 불안할 때, 마법에 걸린 것처럼 그들의 입술이 열린다. 곽선생님은 꼭 필요할 때 말고는 누구에게 무엇을 물어보는 적이 없으셨다.

서적 수집인 학교의 시스템은 단순했다. 일단 들어가면 처음 9년은 아무 책이나 흥미있는 것을 읽고, 뜻깊어 보이는 말은 외우려고 노력한다. 모르는 말은 담임선생님께 여쭤본다. 9학년말에 일반 서적 수집인이 될 것인지, 특수 분야 수집인이 될 것인지 시험을 친다. 일반 서적 수집인 시험에 합격하려면 정치·경제·사회·문화·과학·역사 등 모든 분야에 두루 관심을 가지고 있어야 한다. 어느 한 분야에 정통할 필요는 없지만, 모든 분야에 보통 이상의 지식을 가지고 적절한 인용문을 뽑아낼 수 있는 능력이 있어야 일반 서적 수집인이 되는 것이다. 특수 분야 수집인에 지망한 아이들은 자기가 자신 있는 분야를 지정하고, 그 분야의 전문가들 앞에서 구술 시험을 본다. 시험에 합격하고 나면 5년에서 6년 정도 교육을 받는다. 9년 동안 받았던 자유 방임식 교육이 아닌, 암기와 토론식 교육이다. 선생님들은 각 분야에서 꼭 읽어야 할 책을 지정하시고, 그 분야에서 원어로 인용할 수 있도록 외국어 교육도 시키셨다. 음악에 관심이 있는 아이들은 주로 영어와 이탈리아어를, 철학 쪽을 전공하는 아이들은 영어와 프랑스어·독일어·라틴어를 중급 수준까지 배웠다. 그 후 다시 한번 시험을 친다. 그 시험에 합격하면 서적 수집인이 되는 것이다. 그 후에는 학교에 머무르며 자신을 필요로 하는 주인이 나타나기를 기다린다. 그 동안 자기 희망에 따라 조교 생활을 할 수도 있다.

일단 주인을 만나면, 서적 수집인은 주인의 집이나 주인이 지정해주는 집으로 간다. 서적 수집인을 필요로 하는 사람들은 돈과 권력이 있는 사람들이다. 주인은 서적 수집인 한 명을 채용할 때마다 거액의 돈을 학교에 지불한다. 그들은 서적 수집인이 살 방을 내주고, 평생 숙식을 책임진다. 운이 좋으면 주인이 죽은 뒤 유산의 일부까지 물려받는 사람도 있다고 들었지만, 그들 대부분은 사회 생활에 적응하지 못하고 방황하다가 다시 학교로 돌아온다.

그러나 주인들이 돈이 많다는 것은 다른 곳에서 드러난다. 서적 수집인은 하루에 한 번씩 서점에 나온 자기 분야의 책을 체크한다. 서점에 직접 가는 사람도 있지만, 대부분은 주인이 고용인을 시켜서 서점에 새로 나온 책을 모두 한 권씩 사다준다. 서적 수집인은 그 수많은 책들 중에 쓸모 없는 것을 걸러낸다. 내용이 시원찮은 책, 내용은 괜찮지만 장정이 너무 화려해서 서재에 꽂아놓기에는 품위가 모자라는 책, 이런 것들이 먼저 떨어져 나간다. 재출간된 고전은 환영받는다. 책을 가져다준 사람에게 쓸모 없는 책을 넘겨주면, 그들이 그것을 처리한다. 헌책방에 팔아넘기는지, 아니면 어떤 루트로 서점에 도로 돌려보내는지 그것은 모르겠다.

책을 골라냈다고 일이 끝나는 것은 아니다. 어쩌면 가장 힘든 일, 책을 읽는 일이 남아 있다. 책은 다른 소유물과는 달라서, 영혼을 가지고 있다. 그 영혼까지 소유하기 위해서는 책을 읽어야 한다. 영기(靈氣)들은 쉽게 날아가버리기 때문에, 진정으로 책을 소유하기 위해서는 읽고 읽고 또 읽어서, 책을 읽는 사람이 느끼는 감정까지도 읽어낼 수 있을 정도로 맑은 거울이 되어야 할 것이다. 그래서 주인들은 서적 수집인을 필요로 한다. 파티에서의 농담에, 외교적인 수사에, 멋진 말로 찬사를 받고 싶어하는 고위층들의 마음에 들 말에 투자하는 셈 치고. 그들은 마법의 거울이 자신들의 말을 멋지게 비추어내기를 바란다. 우리는 그들의 마음에 들기 위해서 인용할 말들을 밤새 찾아내고, 주인이 설명하는 상황에 들어맞을 만한 것을 말해준다. 게으른 주인들은 한술 더 떠 우리가 복화술이라도 해주기를 바랄 테지만.

쉽지 않은 일이다. 그렇기 때문에 탈락하는 아이들이 있다. 1차 시험에서 떨어진 아이들은 사회로 나간다. 서적 수집인 학교에 오는 아이들은 고아들이기 때문에, 그들이 대학에 입학할 때까지 학교에서 생활비를 대준다. 2차 시험에 떨어진 아이들은 학교와 줄이 닿아 있는 회사에 가짜 이력서로 취직한다고 한다. 단, 서적 수집인이라는 직업에 대해 평생 한마디도 하지 않는다는 조건이 있다. 그 조건을 어긴 사람들은 모두 어떤 식으로든지 보복을 당한다고 곽선생님은 누차 강조하셨다. 서적 수집인이라는 직업에 대해 아는 사람은 주인과 서적 수집인뿐이어야 한다는 것이다.

사회 생활을 견디지 못하고 학교로 돌아오려는 사람들도 있다. 그들은 적절한 재교육을 거쳐 저학년 선생님이 된다. 고학년 선생님들은 대부분 현직 서적 수집인

중에서 초빙된 분들이다. 아니면 주인이 먼저 죽어서 학교로 돌아온 분들. 이런 것들을 알게 된 것도 조교 생활을 한 덕택이다. 그전에는 진짜로 '책에 얼굴을 파묻고' 지내는 생활이었으니.

그러나, 시험에 떨어진 사람들만 학교에서 쫓겨나는 것은 아니다. 학교는 느슨해 보였지만 나름대로 규칙이 있었다. 그 규칙을 어기는 사람은 아무런 보장도 받지 못하고 쫓겨났다. 그 규칙 1조가 바로 그것이었다. 오로지 모든 것을 선망할 것. 오로지, 모든 것을, 선망……

바보같이, 눈물이 흐른다. 울음을 그치고 싶은데, 그칠 수가 없다. 눈물이 뺨을 타고 흘러내려 턱에 고여 뚝뚝 떨어진다. 손등으로 눈물을 훔쳐보지만 여전히 모니터의 글자가 흐릿하다. 이럴 때 나는 내가 그저 약하고 가녀린 스물네 살의 여자애일 뿐이구나 하고 느낀다.

아니…… 그렇지 않을 수도 있을까? 한참 울고, 눈물이 조금씩 가라앉자 약간의 희망이 다시 비친다. 말은 물처럼 우리 몸 속에 흘러들어오고 우리와 함께 살아간다. 지금 내 눈에서 나오는 물은 그 말이 변해서 흘러나오는 것이리라. 이제는 그 말을 몸 속에서 몰아낼 수 있다. 이제 나는 모든 것을 애타게 바라보고 울음을 삼켜야 하는 어린아이가 아니다. 평생 그렇게 살아갈 필요도 없다. 나는 이제 서적 수집인이 아닌 것이다. 그리고 나는 그와 함께 살아가고 있다.

4

 바람이 변해가고 있었다. 후텁지근한 여름의 정체된 공기가 선선한 가을 바람으로 변해 반소매 밑에 드러난 맨팔을 스쳐갈 때쯤, 나는 수업 시간 도중에 교무실로 호출을 받았다. 하나씩 둘씩 학교를 떠나는 내 또래 아이들을 보면서 슬슬 초조해가던 때였다. 처음에 조교 생활을 시작할 때는 될 수 있으면 느지막이, 진짜 서적 수집인이 될 자신이 생길 때까지 학교 밖으로 나가지 말았으면 하고 바랐다. 그러나 주인이 생겨 밝은 표정으로 학교를 떠나는 또래들이 점점 늘어가면서, 그 바람은 나도 빨리 주인이 생겼으면 하는 생각으로 바뀌었다. 가끔 수업 시간 도중에 호출받을 때면 가슴이 뛰었다. 내 성적은 우수한 편이었고, 선생님들은 여기저기 보내는 추천서마다 '명민하고 순종적임'이라는 평가를 써주시곤 했다. 그러나, 어쩌다 호출받아 교무실에서 면접을 할 때 미래의 주인들의 눈길은 나를 그저 스쳐지나갈 뿐이었다. 내가 그리 예쁜 얼굴이 아니라는 것에도 이유가 있을지 모른다. 몸매가 좋고 예쁘장하게 생긴 아이들은 성적이 그리 좋지 못해도 빨리 학교를 떠났다. 여러 명이 한꺼번에 면접을 볼 때 결국 선택되는 것은 그런 아이들이었다.

그래도 호출받는 것은 설레는 일이었다. 미래의 주인이 될지도 모를 사람의 눈이 우리를 쓱 훑어가는 순간에, 면접받는 아이들은 '저 사람이 나의 주인이 되면 어떨까, 나는 어떤 생활을 누리게 될까' 하는 달콤한 공상에 빠지곤 했다. 매일 반복되는 학교의 지루한 일과 속에서 잠시나마 그런 공상에 빠지는 행복은 선택되지 못한 아쉬움을 상쇄시키는 효과가 있었다. 나는 교무실 문을 두드렸다.

"여신이냐? 들어와라."

'다른 아이들은 벌써 다 와 있는 모양이구나. 조금이라도 서둘러 올 걸.'

그러나, 교무실 안에 있는 사람은 남색 양복을 입은 키 작은 중년 남자 하나와 곽선생님뿐이었다. 나는 어리둥절했다. 우리 기에서 학교를 아직 떠나지 않은 아이들이 나말고 둘 더 있었는데, 그들은 나와 반대로 얼굴은 예쁜 편이지만 성적이 너무 낮아서 선택받지 못한 경우였다. 그러나 면접을 볼 때면 항상 같이 보곤 했었는데…… 혹시? 가슴이 희망으로 부풀어올랐다.

"이 아가씨입니까?"

양복을 입은 남자가 입을 열었다. 나는 곽선생님 앞에 눈을 내리깔고 다소곳이 섰다. 곽선생님이 고개를 끄덕였다.
"자기 학년에서 가장 우수했던 멤버들 중 하나지요."
"흠……"
 양복 입은 남자의 두 눈이 내 머리부터 발끝까지 날카롭게 훑고 지나가는 것이 느껴졌다. 손끝에 묻은 분필가루 얼룩과 아직 빨지 못한 실내화가 남자의 시선에 불이 붙어 타오르는 듯했다. 나도 슬쩍 그 남자를 훔쳐보고 싶었지만, 만약 그러다가 눈이라도 마주치면 건방지다는 인상을 줄지 모른다는 겁이 나서 감히 그럴 수가 없었다. 너무나 긴장해서, 숨쉬는 것마저 거북스러웠다.
"순진해 보이는군요."
 마침내 남자가 흡족하다는 듯 고개를 끄덕였다. 그제서야 나는 약간 숨을 편하게 쉴 수 있었다. 그러나 곽선생님의 얼굴은 이제까지 내가 본 적이 없을 정도로 굳어 있었다. 곽선생님이 지금까지 떠나는 아이들에게 보여주었던 부드럽고 아쉬운 표정을 생각하면 이상한 일이었다.
"이 아이가 마지막입니다."
 곽선생님이 낮게 깔린 목소리로 말했다. 남자가 어깨를 움츠렸다.

"글쎄요. 알 수 없지요."
"아니오. 이 아이가 마지막입니다."

곽선생님의 굳은 표정, 낮은 목소리가 무엇을 뜻하는지 나는 갑자기 깨달았다. 그리고 이번엔 놀라서 숨을 죽였다. 곽선생님은 화가 나 계셨다! 십 년 넘게 학교에서 지내면서, 곽선생님이 화나신 모습을 보는 것은 처음이었다. 어떤 사람들은 언성을 높이거나 얼굴을 붉히고 팔을 휘두르는 대신 숯불처럼 자기 안에서 붉게 화를 태운다는 것을, 나는 그날 처음 알았다.

"선생님은 지난 8년 간 우리 학교를 적지 아니 후원해 주셨지요. 그건 고맙습니다. 하지만 그 8년 간, 보통의 후원자들이라면 한 명으로 평생 만족할 아이들을 세 명이나 데려가셨습니다. 이 아이가 네번째입니다."
"그 아이들은 저를 만족시키지 못했으니까요."

남자는 별일 아니라는 듯이 웃으며 말했다. 곽선생님은 입술을 잘근잘근 깨물며 말씀을 이으셨다.
"우리는 원칙적으로, 후원자들이 아이들을 데려가 어떤 용도로 쓰든 상관하지 않습니다. 그러나 선생님 같은 경우는……"

곽선생님은 갑자기 앉아 있던 자리에서 일어나 팔로 내 어깨를 두르셨다. 알 수 없는 말들이 오가는 그 황망한 와중에도 나는 곽선생님의 체온을 느낄 수 있었다.

그러나 그때는 그 따뜻함이 얼마나 소중한지 알 수 없었다. 나는 그저 그 팔 안에서 어색하게 서 있을 뿐이었다.
"이 아이는 제가 개인적으로 아끼는 아이이기도 합니다. 선생님이 제발 이 아이로 만족하시고, 다시는 학교에 찾아오시는 일이 없었으면 합니다. 선생님이 다시 나타나신다면, 그건 이 아이가 불행해졌다는 것을 뜻할 테니까요."

남자는 엷은 웃음을 띤 채 아무 말 없이 나와 곽선생님을 바라볼 뿐이었다. 곽선생님은 한숨을 내쉬셨다. 자신의 말이 남자의 마음을 움직여놓지 못했다는 것을 곽선생님도 알고 계셨다. 선생님은 내 어깨를 툭툭 치셨다.
"여신아, 준비해야지. 네 주인이 기다리고 계시니."

그때 알아들었어야 했다. 그것은 경고였다. 그 자리에서 오고 간 모든 말들이. 그러나 나는 알아듣지 못했다. 어쩌면 당연한 일이다. 운명의 신탁은 인간의 말로 번역되기에는 항상 너무나 거대하든가, 너무나 초라하다.

차가 출발하고 처음에는 몸에 닿아오는 가죽의 낯선 감촉과 차창 밖을 지나가는 경치 때문에 정신이 하나도 없었다. 생전 본 적이 없었던 찬란한 햇빛이 눈을 애무했다. 그때까지 학교에서 보고 자란 것이라고는 커다란 콘크리트 건물과 나무 한 그루 없는 휑한 운동장뿐이었다. 포장되지 않은 산길, 도로 양옆으로 펼쳐지는 논밭, 가끔가다 보이는 양옥집과 비닐하우스, 조그만 구멍가게들…… 한번도 학교 밖으로 나가본 적이 없는 내게는 이 모든 것이 신기하고 사랑스러웠다. 갑자기 환경이 바뀐다는 당혹감이나 곽선생님과 학교를 떠난다는 아쉬움은 새로 발견한 세상에 대한 애정에 떠밀려 사라져버리고 말았다. 만약 내가 조금만 더 대담했더라면, 절도와 규율이 몸에 배어 있지 않았더라면, 아마 기쁨에 겨워 소리내어 웃었을 것이다. 바깥 세상은 찬란하고 새로운 곳이었다.

한참이 지나서야 비로소 옆에 앉은 남자 — 그때부터는 나의 주인 — 를 자세히 살펴볼 용기가 났다. 물릴 만큼 경치를 감상하고 나서, 나는 옆으로 고개를 살짝 돌려 주인을 바라보았다.

주인은 40대 후반 정도로 보였다(나중에 알고 보니 50대 중반이었다). 햇빛에 그을어 건강해 보이는 갈색 얼굴에 짙은 눈썹, 시원시원한 이목구비 때문에 실제 나이보다 훨씬 젊어 보였다. 차 안에서 편안히 긴장을 풀고 앉은 모습이 보기 좋았다. 명령하는 것에 익숙하고 남의 눈길을 개의치 않을 정도의 자신감을 쌓은 사람들만이 그렇게 앉을 수 있다는 것은 한참 나중에야 알았다. 몸을 감싼 고급 양복과 그 편안한 자세가 묘한 위압감을 자아냈다. 비록 체구는 작았지만 그를 얕볼 수 있는 사람은 얼마 없을 것 같았다.

주인도 내 시선을 느낀 듯, 눈을 들어 나를 바라보았다. 검고 깊은 눈, 무슨 생각을 하는지 알 수 없는 눈이 내 눈과 마주쳤다. 나는 불에 데기라도 한 것처럼 황망히 눈길을 돌렸다. 낮고 부드러운 주인의 목소리가 들렸다.

"좀 편하게 앉지 그래? 어차피 이제부턴 같이 살게 될 텐데, 그렇게 눈도 못 들고 쩔쩔맬 것도 없고."

"네? 네, 네……"

긴장한 나머지, 학교에서 하던 것처럼 허리를 꼿꼿하게 세우고 어깨를 똑바로 편 채로 앉아 있었던 것이다. 나는 긴장을 풀고 주인처럼 차 뒷좌석의 굴곡에 자연스럽게 몸을 맡기려고 노력했다. 다시 눈길을 들기는 더 어려웠다. 어찌어찌 용기를 내어 주인을 바라보았지만, 온몸이 후들후들 떨렸다. 주인도 그것을 알아차렸다.

"이런……"

주인은 겸연쩍게 웃었다. 그 웃음은 그의 인상을 확 바꿔놓았다. 강력하고 무섭고 우러러보아야 할 주인이 아니라, 동네 놀이터에서 꼬마와 소탈하게 어울려 놀아주는 이웃집 아저씨 같은 느낌. 그때까지 나를 짓누르던, 새로운 생활에 대한 불안감이 약간 덜어졌다. 주인도 내 긴장이 조금 풀어지는 것을 느꼈는지 계속 나에게 말을 붙였다.

"학교 바깥에 나오는 게 처음이지?"

"네."

"아무것도 모르겠군."

"네."

나는 부끄럼 없이 대답했다. 좋은 서적 수집인이 되려면 '아무것도 몰라야' 한다. 멋진 말, 인상 깊은 말, 주인들이 하고 싶어하는 말을 골라내는 능력은 동경과 선망이다. 인간은 아는 것을 동경하거나 선망하지 않는 동물이다. 너희들이 화려한 파티에 수많이 가보았다면, 파티에 대한 멋진 찬사를 책 속에서 골라낼 수 있을 성싶으냐? 파티에 한번도 가보지 못한 사람의 상상력이 골라낸 찬사가 파티 여주인의 귀에 가장 달콤하게 들리는 것이다. 선생님들은 이렇게 가르치셨다. 이런 교육 방침 덕분에 우리는 가장 일상적인 사물과 사건들 빼고는 아무것도 접할 수가 없었다. 개나 고양이 한 마리를 키우는 것도 금지되어 있었다. 개나 고양이가 어떻게 생겼는지 모르는 학생이 모범생이었다. 학교 바깥에 나간다는 것은 상상도 할 수 없는 중대한 교칙 위반이었다. 그런 일을 저지른 아이는 곧장 퇴학을 당한다. 그렇게 우리는 아무것도 보지 못하고 자랐다. 뉘엿뉘엿 넘어가는 햇빛 아래서 빛나는 높은 빌딩의 유리창이 얼마나 눈부신지, 적막한 새벽에 걸어가는 산길에서 나는 풀 냄새가 얼마나 싱그러운지, 그런 것은 절대로 알아서는 안 되었다. 책을 한줄 한줄 읽어내려가면서 그런 모든 것을 상상하고 선망하는 것이 서적 수집인이 해야 할 일이었다. 사물에 대한 무지가 직업적인 능력을 뒷받침하는 힘이 되는 곳에서, '아무것도 모른다'는 것은 창피스러운 일이 아니라 좋은 성적을 올리는 바탕이고 부러워할 일이었다.

그러나, 주인의 얼굴에는 야릇한 표정이 스쳐갔다. 내 대답을 당연하게 받아들이면서도 무엇인가 불쾌하다는 느낌…… 나는 나도 모르게 다시 척추를 곧추세웠다. 야릇한 그 표정 그대로, 주인이 다시 웃었다. 이번 웃음은 오히려 침이 마르는 긴장을 불러일으켰다. 차가운 한기가 척추를 타고 목덜미까지 기어올라왔다.

"아아, 학생은 아마 모범생이었겠지. 안 그래?"

그 물음에는 가벼운 경멸이 깃들여 있었다. 그것만으로 충분했다. 나는 기가 죽어 얼굴이 빨개진 채 고개를 푹 숙였다. 왠지 죄를 지은 듯한 느낌이었다. 주인이 다시 나지막이 소리를 내어 웃었다. 그 웃음이 아까처럼 사람을 편하게 해주는 웃음인지, 사람을 위축시키는 비웃음인지, 머리를 들어 확인해볼 엄두가 나지 않았다.

5

 주인의 집은 크고 넓었다. 나는 그곳에서 정원이라는 것을 처음 보았다. 푸른 잔디와 이름을 알 수 없는 나무들. 넓은 풀밭을 휘감고 한바퀴 돌아나가는, 푸른 대리석으로 된 물길. 그 물길을 따라가면 나오는 인공 연못 한가운데서 물을 콸콸 쏟아내고 있는 네 마리의 돌사자 조각. 수로를 따라 헤엄치는 금빛과 붉은빛 잉어들. 그 위에 차분하고 단단하게 놓인 화강암 다리. 주인의 집을 생각하면 맨 먼저 떠오르는 것이 그 정원이다. 차에서 내려 처음 주인의 집에 발을 들여놓았을 때 나는 숨이 막혔다. 불모의 땅과 회색 건물에 익숙한 눈은 사방에서 달려오는 녹색에 압도되었다. 부드러운 벨벳 같은 잔디의 감촉이 내가 신은 투박한 운동화 밑에서도 전해져오는 것 같았다. 나는 자기도 모르게 작은 탄성을 지르다가 주인 앞이라는 것을 상기하고 손으로 입을 막았다. 그러나 주인은 그 소리를 들은 것 같았다. 나보다 앞서 가던 주인이 뒤를 돌아보며 물었다.
 "정원이 괜찮은가?"

"예…… 너무나……"
"아름다워?"
"예!"

쩔쩔매며 대답하는 내 모습에 주인은 웃지 않았다. 오히려 무뚝뚝한 말투로 말했다.
"싸구려야. 돈만 처먹고 겉만 번지르르한 취미야."

주인은 다시 몸을 돌려 걸음을 재촉했다. 나는 아무 말 못 하고 그의 뒤를 따라갔다. 가슴에 조금씩 슬픔이 차올랐다. 이렇게 아름다운 것들을 주인은 싸구려라 말한다니. 그러나 나는 주인에게 한마디도 대꾸할 수 없었다. 그가 나의 주인이어서가 아니라, 그가 이 집의 주인이고 이 집을 꾸민 사람이어서가 아니라, '싸구려야'라고 말했을 때 그의 얼굴에서 얼핏 엿보였던 펄펄 끓는 증오심 때문이었다. 나는 그가 무엇을 그렇게 증오하는지 알 수 없었다. 지금도 그것은 모른다. 하지만 나는 그때까지 그렇게 강렬한 감정을 가져본 적도, 옆에서 지켜본 적도 없었다. 사람이 그렇게 격렬하게 감정을 분출할 수 있다는 것이 무섭기만 했다. 나는 얌전히 고개를 숙이고 그를 따라 걸었다.

다행히 주인은 그날 저녁 더 이상 화를 내지 않았고, 오히려 친절하다고 할 수 있을 만한 태도로 집 구석구석을 안내해주었다. 커다란 삼층집이었는데, 1층에는 TV

와 오디오, 소파, 테이블이 놓인 마루와 식당과 부엌, 운전기사와 집안일을 보아주는 운전기사의 아내가 쓰는 방 두 개, 화장실, 그의 서재가 있었다. 나는 그의 서재를 보고 감동받았다. 그가 전에 데리고 왔던 서적 수집인이 누구건간에, 왜 그 사람을 내쫓았는지 이해가 가지 않았다. 일관된 수집안으로 정선된 책 컬렉션은 누가 봐도 감탄할 만한 것이었다. 법·정치·경제·사회·문학·음악·미술…… 내가 분류할 수 있는 모든 분야에 걸쳐 일정 수준 이상의 책들이 가지런히 꽂혀 있는 거대한 서재였다. 전의 서적 수집인이 어떤 사람이었는지, 어떤 부분에 줄을 쳐놓았는지 책을 꺼내 확인하고 싶었지만, 그는 그럴 시간 여유를 주지 않고 2층을 안내했다.

2층에는 그의 침실과 집무실, 그리고 넓은 방 두 개가 더 있었다. 여러 가지 책이 여유로이 꽂혀 있던 1층 서재와는 달리 집무실에는 그의 회사 자료인 듯한 책들이 빽빽이 꽂혀 있었다. 대부분이 복사 자료거나 제본한 것, 장부책들 같은 것이었다.

"이곳은 네 일과는 상관이 없으니까, 앞으로는 들어오지 말라고 보여주는 거야. 나한테 가져올 책이나 자료는 1층 서재나 마루로 가져와."

"네……"

내가 쓸 방은 2층의 넓은 방 두 개였다. 하나는 화장실이 딸린 침실이었고, 하나는 아침마다 책들을 받아보고 분류하고 읽고 줄칠 방이었다. 둘 다 바깥으로 열 수 있는 커다란 창문이 있었다. 그는 3층은 안내해주지 않았다.

"3층은 따로 쓰는 사람이 있으니 절대로 올라가지 말도록 해. 운전기사나 가정부하고는 수다를 떨지 말고. 그 사람들이야 부부 사이니까 어쩔 수 없지만, 난 내가 고용한 사람들끼리 수다떨고 가까운 척하거나 서로 티격태격하는 건 아주 싫어한다."

나는 아무 말 없이 고개를 끄덕였다. 이미 나는 마음의 준비를 단단히 하고 있었다. 주인에게 절대 복종하자. 쫓겨나서 어디로 갔는지도 모르게 되어버린 전 서적 수집인들의 전철을 밟을 수는 없었다. 그는 평생을 섬겨야 할 주인인 것이다. 아무것도 묻지 않고 무조건 복종하기만 하면 아무 일 없을 것이라고, 걱정으로 팔딱대는 가슴을 스스로 달랬다.

처음 석 달 동안은 정신없이 지나갔다. 처음에는 그때까지 내가 교육받았던 것으로 충분하리라 생각했다. 하지만 날이 갈수록, 책 한줄 한줄을 읽어가면서 나는 스스로 되묻고 있었다. 이게 내가 선망하는 게 분명한 걸까? 이게 주인이 입에 올리기 적당한 말일까? 어떨 때는 두 가지가 맞아떨어지는 것 같았고, 어떨 때는 서로 전혀 맞지 않는 것 같았다. 내 가슴을 찌르는 말들, 책에서 훔쳐 가지고 싶다고 생각하는 말들이 책의 상황과 너무나 단단하게 결부되어 있어 전혀 떼어낼 수 없는 때가 있었다. 또 내가 입에 올릴 때는 달콤하고 아름다운 말이지만 지위 있는 50대 남자가 반쯤은 공적인 모임에서 한다면 바보 같아 보일 말들이 있었다. 유행에 따라 멋있어 보이는 말들이 있었고, 어떤 상황에서 쓰이기에 적절하긴 하지만 너무 평범해서 사람들이 어디서 인용했는지 전혀 눈치채지 못할 것이기 때문에 말의 권위를 세우지 못할 말들도 있었다. 나는 가슴 벅차도록 아름답고 멋진 말들의 입장과 내가 섬겨야 할 주인의 입장 사이에서 흔들렸다. 그제서야 학교 때 셰익스피어나 라신, 괴테 같은 고전들을 선호했던 아이들을 이해할 수 있었다. 고전은 아름답고 장엄하면서 권위가 보장되어 있었고, 상황과 상관없이 적절하게 떼어내 쓸 수 있는 말들도 많았고, 재치 있기도 했다. 그러나 나는 양심껏 일했다. 항상 새 책들에 나를 열어두려고 노력했고, 나의 선망이 주인을 부끄럽게 만들지 않으려고 애썼다. 매일 밤 내가 가져간 수많은 말들 중에서 주인이 그날 어떤 말을 인용했고 어떤 말을 인용하지 않았는지는 알 수 없었다. 하지만 주인이 일 관계로 불만의 기색을 표한 적은 없었다. 내가 하루종일 가려 뽑은 말들을 조심조심 마루로 가져가면 그는 늘 피곤하고 무관심한 표정을 짓고 테이블 위에 내려놓으라고 손짓을 할 뿐이었다. 그러면 나는 공책을 내려놓고 조용히 내 침실로 물러나왔다. 그에게 좋은 평가를 받지 못하는 것이 서운했지만, 그렇다고 싫은 소리를 들은 적도 없었다. 언제 쫓겨날지 모른다는 처음의 불안감은 서서히 가라앉아가고 있었다. 아니, 정확히 말하면 그가 나 이전에 세 명이나 되는 서적 수집인을 내쫓은 사람이라는 것을 슬슬 잊어버려가고 있었다. 낯설고 어색하기만 했던 침실이 점차 내 방처럼 느껴졌고, 창밖으로 보이는, 운전기사가 정원을 손질하는 모습도 갈수록 정겨워졌다. 낮에 주인과 운전기사는 없고 가정부가 청소나 이불 빨래같이 시간이 드는 일을 하고 있을 때가 있었다. 그러면 나는 살금살금 정원에 나와 점차 차가워져가는 맑은 공기를 마시고 잉어들을 바라보았다. 약간 심심하긴 했지만 아름답고 평화롭고 행복했다. 나는 그 생활이 언제까지나 지속될 것이라고 믿었다. 그리고 그날이 다가왔다.

 그날 아침은 다른 수많은 토요일 아침 중 하나였다. 겨울 문턱에 들어선 나무들은 지금까지 지고 있었던 짐이 무겁다는 듯 바람이 한 번 불어올 때마다 이파리를 떨어뜨려댔다. 그러면 운전기사 겸 정원사인 남자가 열심히 낙엽을 긁어모았다. 그즈음 매일 아침 보는 모습이었지만 지루하지 않았다. 나는 창문가에 붙어앉아 운전기사가 낙엽을 그러모아 무더기를 만들고 거기에 불을 붙이는 모습을 구경했다. 불을 붙이고 조금 있으면 연기와 함께 매캐하고도 고소한 향이 내 방으로도 흘러들어왔다. 나는 눈을 지그시 감고 침대 위에서 그 향기를 맡았다. 초겨울 향기.

갑자기 벨소리가 들렸다. 나는 깜짝 놀라 눈을 떴다.

'누구지?'

내가 그 집에 있던 석 달 동안 주인은 손님을 맞은 적이 한번도 없었다. 주인이 드나들 때, 가정부가 장을 보아올 때를 빼놓고는 열리지 않는 대문 속에서 나는 행복했다. 닫힌 문이 고요한 세계를 지켜주고 있었다. 그런데 그 문이 천천히 열리고 있었다. 문을 열고 들어온 낯선 손님은 허름한 검은색 가죽 잠바에 청바지를 입은, 내 나이 또래 되어 보이는 젊은 남자였다. 그는 운전기사와 인사를 하더니 곧장 집 쪽으로 향했다. 누굴까, 궁금하고 불안했다. 나 이전에 있던 서적 수집인이 도로 돌아온 것이 아닐까 하는 어처구니없는 생각까지 들었다. 하지만 그럴 리는 없었다. 혼자서 거리를 익숙하게 돌아다닐 수 있는 서적 수집인이 있다면, 그는 이미 서

적 수집인이 아니다. 그렇게 생각하자 불안이 조금 가라앉았다. 그러나,

"뭐야! 그렇게 네 맘대로 될 줄 알고!"

남자가 집 안으로 들어오고 나서 잠시 후, 크고 거친 주인의 호통 소리가 열어놓은 창문을 통해 들려왔다. 처음 듣는 주인의 고함 소리였다. 반면 남자의 목소리는 나직해서 무슨 소리인지 들리지 않았다. 나는 점점 조마조마해졌다. 불길한 예감 같은 것이 온몸을 휩쌌다.

내용을 알아들을 수는 없었지만, 주인과 남자의 말다툼은 두어 시간 정도 계속되었다. 그 동안 나는 어쩔 줄을 모르고 방안을 서성거렸다. 뭔가 주인의 마음에 맞지 않게 일이 돌아가고 있는 것은 확실했다. 남자와 주인은 어떤 사이일까? 남자가 주인의 말에 불복종하는 것일까? 남자가 주인의 약점을 잡아 협박하고 있기라도 한 것일까? 생각은 별별 곳으로 다 치달았다. 평소에 점심을 먹던 때가 훨씬 지났지만 배고픈 줄도 느끼지 못했다. 그렇게 한참 있다 보니 머리가 무거워졌고 입 안의 침이 말랐다. 나는 침대에 누워 눈을 감았다. 한 10여 분 정도 지났을까.

"난 그래도 네가 조금은 쓸모 있는 놈일 줄 알았다. 나가! 다시는 들어오지 마!"

2층까지 쩌렁쩌렁 울리는 주인의 목소리에 나는 깜짝

놀라 몸을 일으켰다. 창문을 내다보자 젊은 남자가 문밖으로 걸어나가는 것이 보였다. 남자는 조금도 흥분한 것 같지 않았다. 발걸음은 들어올 때와 마찬가지로 흔들림이 없었다. 남자는 익숙한 손놀림으로 대문을 열더니 뒤를 돌아보았다. 남자의 눈이 내 눈과 마주쳤다. 남자의 얼굴 위에 묘한 미소가 스쳐갔다. 기분이 나빴지만 어떻게 할 수가 없었다. 마침내 남자가 대문을 닫고 나갈 때까지, 나는 뱀을 본 생쥐처럼 꼼짝못하고 창문에 붙박여 있었다.

그리고 나서야 나는 실수를 깨달았다. 원래 서적 수집인은 사유 재산과 같은 것이다. 주인과 주인이 허락한 사람 외에 남의 눈에 띄어서는 안 된다. 그런데 나는 바보같이 남자가 들어올 때도 나갈 때도 멍하니 남자를 쳐다보고 있었던 것이다. 갑자기 위가 꽉 죄어오는 느낌이 들었다. 그전 서적 수집인들도 이런 실수로 쫓겨났던 걸까? 지금까지 느껴지지 않던 한기가 온몸에 쫙 끼쳤다. 무섭고 불안해서 온몸을 가눌 수가 없었다. 너무나 초조해서, 남자가 다시 들어와 주인에게 일러바치지 않는 한 주인이 그것을 알아차릴 리가 없다는, 아주 단순한 생각도 머리에 떠오르지 않았다. 결국 나는 침대에 온몸을 파묻고 울음을 터뜨리고야 말았다. 그렇게 한참 울고 있는데, 문 두드리는 소리가 들렸다.

"회장님이 내려와서 식사하시잡니다."

 내가 문을 열기를 기다리지도 않은 채, 문 바깥에서 운전사의 목소리가 들려왔다. 가슴이 철렁 내려앉았다. 지금까지 주인과 함께 식사해본 적은 한번도 없었다. 운전기사의 발걸음이 대답을 기다리지 않고 멀어져갔다. 나는 재빨리 얼굴을 씻어 운 흔적을 지웠다.

 '결국 이렇게 쫓겨나는구나.'

 정갈하게 차려진 나물 반찬 위주의 밥상 앞에 앉아 숟가락을 들고도 그 생각은 머리를 떠나지 않았다. 당연히 밥맛이 있을 리가 없었다. 서너 숟가락 깨작거린 다음에 나는 숟가락을 내려놓아버렸다.

"왜, 더 안 먹나?"

"네? 네……"

"그럼 그만 치우지. 나도 입맛이 없군. 아주머니, 커피 두 잔 끓여주세요."

 나는 손짓하는 주인을 따라가 마루에 놓인 커다란 가죽 소파 위에 앉았다. 곧 가정부가 커피를 끓여왔지만, 둘 중 아무도 잔에 손을 대지 않았다. 주인은 커피에서 향그러운 수증기가 피어오르다 공중에 사그라드는 것을 묵묵히 지켜보고 있었다. 나도 감히 그 침묵을 깰 수가 없었다. 그렇게 한참 시간이 지났다. 얇은 실내복 원피스가 허벅지 밑에서 배기기 시작할 때쯤, 그는 어두운 목소리로 물었다.

"이름이 여신이었지? 여신이는 부모 자식 관계가 어떤 거라고 생각하나?"

"……저는 잘 모릅니다."

나는 그 말 한마디밖에 할 수가 없었다. 부모, 그것은 내가 가져보지 못했던 어떤 것, 내 기억 속에 없는 것이었다. 서적 수집인 학교에서 감수성이 예민한 아이들은 '내 부모가 누굴까, 왜 날 버렸을까' 하는 의문을 품기도 했지만, 이상하게도 내게는 그런 의문이나 괴로움이 생겼던 적이 없었다. 나는 그리 욕심이 크거나 상상력이 뛰어난 아이가 아니었다. 곽재훈 선생님과 다른 선생님들의 정성 어린 보살핌이면 충분했다. 내가 한번도 선망해본 적이 없는 것이 바로 부모였다. 그러므로 그 말은 내가 할 수 있는 최선의 대답이었다. 그러나 주인은 그 대답에는 전혀 신경쓰지 않는 눈치였다. 그는 계속 커피잔에 시선을 고정시킨 채 독백하듯 말했다.

"자식은, 부모가 생명을 준 거야. 부모의 부모 노릇을 할 수 있을 정도로 힘을 기르지 않는다면 자식은 부모에게 절대 복종해야지. 세상에 수많은 분신들이 있다면, 그 분신 중에서 가장 힘이 센 놈이 다른 모두를 지휘하는 게 당연하니까 말야. 그런데, 내가 가진 힘을 모두 주겠노라고, 내가 세상에서 가지지 못한 힘만 가져준다면 내가 가진 것을 모두 주겠노라고 하는데도, 그런 건 싫다고 거부하는 바보 같은 자식놈이 있다면, 그건 더 이상 내 자식이 아닌 거야. 당연하지 않나?"
"예……"
부모가 없는 사람에게 그 질문에 대한 대답을 바라는 것은 무리라고 말하고 싶었지만, 내가 감히 주인에게 그런 말을 할 수는 없었다.
"충분히 그럴 수 있는 놈인데……"
아쉬운 듯, 원한이 맺힌 듯 주인의 말이 다시 흘러나왔다. 마치 내가 그 바보 같은 자식놈이 되어 아버지 앞에서 꾸중을 듣고 있는 기분이었다. 눈을 들 수가 없었다. 그것이 현명하기도 했다. 만약 내가 눈을 들고, 지금까지 내가 읽어왔던 소설들 속에서 일어나던 아버지와 아들 사이의 갈등, 구세대와 신세대 사이의 사회학적인 갈등에 대해 이야기를 했다 한들, 그가 그것을 받아들일 리 만무했다. 가만히 그 자리를 지키면 적어도 쫓겨나지는 않을 터였다. 주인도 알고 있었다. 자신이 무슨 말을 해도 내가 그렇게 받아들일 수밖에 없으리라는 것을. 알고 있었기 때문에 그런 말들을 내게 했는지도 모른다. 나는 고개를 떨구고 앉아 주인의 말에 무조건 고개를 끄덕였다. 이제는 주인이 무슨 말을 했는지도 제대로 기억나지 않는다. 어둠이 닥쳐오고, 주인이 한 모금도 마시지 않은 커피 잔을 앞에 두고 일어나며 덧붙였던 마지막 말만 빼놓고는.

"넋두리는 그만 하지. 오늘 저녁에는 자료를 침실로 가져와."

……기억하고 있었다. 서적 수집인 학교에서는 '서적 수집인은 주인의 소유'라고 가르친다. 그것은 곧, 서적 수집인은 주인의 성적인 소유물일 수도 있다는 것을 말한다. 방에 돌아가 읽히지 않는 글을 읽으며, 주인에게 보고할 자료를 정리하며, 내가 그때 생각하고 있었던 것은 무엇이었을까? 모르겠다. 혼란, 혼란뿐이다. '설마 주인이 그걸 말한 것은 아니겠지' 하는 한 가닥 기대와, 만약 그런 일이 벌어진다 해도 어쩔 수 없다는 체념 같은 것. 어차피 평생 주인을 섬기며 남의 눈에 띄지 않게 살아가야 할 나인 것이다. 주인이 나를 가진다 해도 그것이 주인과의 유대를 조금 더 공고히해줄 수만 있다면 상관없다……고 스스로를 설득하고, 다시 한번 '이래도 되는 것일까' 하고 생각하다가 또 문득 나 자신을 돌아보면, 내가 순결이라는 것을 지켜야 할 아무 이유도 보이지 않았다. 시곗바늘은 거침없이 돌아갔다. 손이 계속 떨렸다.

그는 암갈색 나이트 가운을 입고 있었다. 조명은 은은

했고, 포근한 분위기가 흘렀다. 나는 그 분위기에 주눅이 들었다. 확실히 글을 읽기 위한 분위기는 아니었다. 피부의 촉각 하나하나를 자극하는 듯한 느낌, 묘하게 따뜻하고, 사람을 흥분시키는 그 느낌. 나는 어색한 몸짓으로 그에게 다가가 파일을 내밀었다. 그가 웃어버렸다.
"앉지. 그건 저기 둬."

그의 말대로 나는 파일을 가까운 테이블 위에 던져두고 그의 침대 위에 앉았다. 그의 말은 내게 율법이었다. 그는 내 어깨를 감싸안았다.
"알지 않나. 오늘은 내가 보고를 받으려고 부른 게 아니라는 걸."

나는 부들부들 떨며 고개를 끄덕였다. 그는 그대로 내 몸을 침대에 눕혔다.

그것을 무어라고 말해야 할까. 내 어깨를 벗겨내리던 그 손의 감촉을. 절대 애정이 깃들여 있지 않으면서도, 그렇게 당당하게 내 살갗을 쓸어내리던 그 까칠한 감촉을. 한마디로 표현할 수 있으리라. 그는 당당하고 거만스러웠다. 너무나 당연하게 그는 나를 가졌다. 나도 그것을 당연하게 받아들였다. 첫 삽입의 아픔을. 쓰라리고 쓰라렸다. 그러나 그것은 당연한 것이었다. 나는 신음을 눌러 참았다. 그에게도, 나에게도, 그것은 정서적으로 따뜻하게 와 닿는 것이 아니었다. 당연했다. 그는 주인이었다. 나는, 그가 이마에 입술을 눌러 맞추어줄 때까지, 그것이 최소한의 감정에 의한 것인가도 의심했다. 그만큼 그것은 기계적이었다. 나 이전의 모든 서적 수집인들에게 그러했으리라. 무엇 때문일까, 나는 나 이전의 서적 수집인들이 모두 여자들이었으리라는 것에 한 푼의 의심도 품지 않았다. 내 위에서 한참을 움직이고 경련하던 그가 속삭였다.
"아파?"
 나는 기운 없이 고개를 끄덕였다.
"바보 같은 것!"
 그는 웃으며 내 목을 졸랐다. 나는 숨이 막혀 꺼거거렸다. 그의 아랫도리가 내 아랫도리를 압박해오는 것을 느낄 수 있었다. 사지가 자기도 모르게 경련하고, 죽는가, 하는 순간 그는 손의 힘을 풀었다. 그가 다시 물었다.
"아파?"
 나는 고개를 가로저었다. 알 수 없었다. 이 느낌, 모든 시간과 공간이 사라져가고, 마침내는 나 자신마저도 내 몸에서 벗어나는 듯한 이 이탈의 느낌은 아픈 것인가? 다리 사이의 예민한 속살을 강하게 찔러오는 이 느낌은 쓰라린 것인가? 나는 그저 체념한 채 살기 위해 공기를 들이마셨다. 그가 다시 웃었다. 그 순간 나는 아랫도리에 시퍼런 멍이 들었으리라고 확신했다.
"안 아파? 바보 같은 것, 아무것도 모르는 것!"
 나는 폐 안으로 세차게 밀려 닥쳐오는 공기에 꺽꺽거리며 고개를 다시 끄덕였다. 맞았다. 주인이 아무것도 모른다면 아무것도 모르는 것. 그 순간 나에게는 고통도, 쾌락도 없었다. 다만 내 위에서 주인이 움직이는 것만이 느껴질 뿐이었다. 어느 순간 주인이 헉헉거리며 내 위에서 무너져내렸다. 옆으로 몸을 굴려 누운 주인은 팔로 내 목을 가볍게 누르며 다시 한번 속삭였다.
"바보 같은 것!"
 나는 고개를 끄덕였다. 별달리 할 수 있는 것이 없었다. 이렇게, 짐승같이, 바보같이, 주인의 것이 되는 것.
 나는 그것으로 만족했다.

 다음날 아침 일어났을 때, 주인은 이미 나간 듯 침대에 없었다. 온몸이 저릿저릿하고 팔다리를 가누기 힘들었다. 조금만 움직여도 몸이 부서질 것 같은 기분이었다. 하지만 언제까지나 누워 있을 수는 없었다. 나는 팔로 몸을 간신히 지탱하며 일어나 비틀거리며 벽에 걸린 거울 앞으로 다가갔다. 엉망이 된 나체가 거울 속에 드러났다. 얼굴은 통통 부어 있었고, 목에는 시퍼렇게 멍이 들었다. 팔다리와 몸 군데군데에도 멍이 들어 있었는데, 전날 주인이 힘껏 움켜쥔 부분들이었다. 머리는 봉두난발이었고, 눈의 초점이 흔들리는 것이 나 자신에게도 보였다. 거울 앞에서 히죽 웃어보았다. 달덩이처럼 부은 얼굴이 웃는 것도 우는 것도 아닌 표정으로 일그러졌다. 미친 여자 같았다. 다리에 맥이 풀려 거울 앞에 주저앉았다. 그러자 거울에 비치는 영상은 목 부근에서 잘려버렸다. 눈에 물이 고여 얼굴로 천천히 흘러내리는 것이 보였다. 무슨 물? 나는 멍하니 생각했다. 모든 것이 실감이 나지 않았다. 내 것이 아닌 것 같은 팔다리, 침을 삼키기에도 아리는 목, 낯설게 부어오른 얼굴에 흘러내리는 눈물, 욱신욱신 쑤시는 몸……

나는 조용히 고개를 떨어뜨리고 한참을 흐느꼈다.

주인은 오후에 돌아왔다. 그때까지 나는 무언가 알 수 없는 기대를 하고 있었다. 주인이 돌아오면 내 방문을 열어볼지도 모른다고. 어제의 그 폭력(수치스럽게도, 나는 폭력을 통해서도 무슨 감정이 전달될 수 있다고 생각했다)으로 맺어진 유대 관계에 대해서 무언가 암시하는 말이라도 던져줄지 모른다고. 어쩌면, 아껴주겠다는 말. 어쩌면, 이제 나갈 걱정은 하지 않아도 좋다는 말. 아, 정말로 어리석었다. 모든 것은 이전과 마찬가지였다. 저녁 식사 시간까지 아무도 내 방으로 오지 않았고, 운전기사가 불러 내려갔을 때 주인은 이미 식사를 마치고 방으로 간 후였다. 나는 밥을 몇 숟갈 삼키지도 못하고 2층에 뛰어올라와 먹은 것을 다 토해버렸다. 하얀 밥알들이 변기의 물 위에 둥둥 떠다녔다.

밤 열시가 되었다. 늘 보고하던 시각이었다. 그때까지 나는 책 한 줄도 읽지 못하고 침대에 누워 있었다. 책을 읽고 정리하려는 시도를 안 해본 것은 아니었다. 나도 주인 앞에서 강한 모습을, 아무렇지도 않다는 듯한 모습을 보여주고 싶었다. 제 시간에 마루로 내려가 파일을 펼쳐놓고 설명을 하는, 여느 때와 전혀 다름없는 모습을 보임으로써 '어제의 일은 제게 아무 타격도 주지 못했어요. 전 여전히 당신의 서적 수집인일 뿐입니다'라는 메시지를 전달하고 싶었다. 하지만 그럴 수가 없었다. 눈에 들어오는 활자란 활자는 모두 멀미와 어지럼증을 일으켰고, 주인의 옆에 앉아 보고하는 것을 생각만 해도 몸이 떨려왔다. 그래서 열시에 나는 빈손으로 아래층에 내려갔다.

예상했던 대로 주인은 마루에 앉아 있었다. 그것이 나를 더 절망하게 했다. 그의 침실, 그곳은 주인이 마음내킬 때만 나를 부르는 공간일 것이다. 그와 나 사이에는 어떠한 감정의 교류도 있을 수 없었다. 다만 때때로 이는 욕구를 충족시키고, 어떨 때는 그의 울화를 풀어주는 도구로서 그는 나를 사용할 것이다. 이렇게 생각하자 차라리 마음이 조금 가라앉았다. 나는 그의 앞으로 걸어갔다. 그가 나를 힐끔 쳐다보았다.
"왜 아무것도 안 들고 왔지?"
"아무것도 읽지 못했습니다."
 나는 나지막한 목소리로 대답했다. 마지막 기대, 주인이 '잠시 앉아 봐. 무슨 일이야?'라고, 여전히 매정하지만 그래도 한 가닥 희망을 남겨주는 말을 할지도 모른다는, 마지막 기대를 걸고.
"그래? 그럼 가봐."
 기대는 여지없이 무너졌다. 내게서 눈길을 거둔 주인은 먼저 몸을 일으켜 2층으로 향했다. 한없는 무력감을 곱씹으며 나는 그 뒤를 따랐다.

 겨울이 지나고 봄이 오고 다시 여름이 거의 다 지나갈 때까지 그런 나날들이 계속되었다. 주인의 아들이라는 젊은이는 '다시는 들어오지 말라'는 주인의 고함에도 불구하고 때때로 와서 주인과 무엇을 이야기하고 갔고, 그런 날이면 주인은 나를 불러 잠을 잤다. 그런 날이면, 목을 조른다든지, 팔을 비틀어 올린다든지, 때린다든지, 어떤 방법을 써서든지 주인은 내 입에서 새어나오는 비명을 듣고야 만족했다. 가끔 그냥 나를 불러 사무적인 섹스를 하고 잠을 잘 때도 있었는데, 그때 위에서 나를 내려다보는 주인의 얼굴은 한없이 우울하고 무감각했다. 그런 밤들을 빼놓고는 그는 한결같이 근엄한 주인이었다. 내가 그의 앞에서 위축되는 것도 여전했다. 그러나 나도 나름대로 조금씩은 상황에 적응하고 있었던 것 같다. 보고를 빠뜨리는 날은 점점 적어졌고, 가끔 너무나 몸이 아프고 힘들어서 아무것도 읽지 못할 때도 처음 그때처럼 막막한 것이 아니라, 그저 '몸이 아프구나, 심한 몸살에 걸린 것 같은 거야' 정도로 생각할 수 있을 만큼 무감해져갔다. 상상력뿐만 아니라 마음 전체도 하나의 커다란 근육 같아서, 혹사하면 아파한다. 좀더 가면 무감각해지고, 나중에 돌이킬 수 없는 선까지 가면 마비되어 괴사해버린다. 내 마음은 무감각과 마비 사이에서 떠돌고 있었다.

한편으로는, 내가 주인을 사랑하고 있는 것일지도 모른다는 이상한 생각에 빠져 있기도 했다. 그럴 리가 없다고 생각하면서도, 그 망상은 결코 머리 한구석에서 지워진 적이 없었다. 오히려 지금은 왜 그런 생각을 했는지 알 것 같다…… 주인이 내게 없는 것을 가지고 있었기 때문이다. 그것은 주변에 있는 모든 사물과 사건을 장악하려는 의지, 권력을 추구하는 욕망 같은 것이었다. 그의 주변에 있으면 압도되었기 때문에 그를 사랑한다고 생각한 것이었다.

그리고 나는 쫓겨났다. 너무나 간단하게 쫓겨났기 때문에 지금도 그 일을 생각하면 허탈할 뿐이다. 그래서 민규씨를 만나고…… 지금은 행복하고……

그날도 아들이 다녀간 날이었다. 거의 늘 그랬듯이 마루에서 무언가 부서지는 소리가 났다. 그날 그는 나를 침실로 불렀고, 예의 그 폭력이 곁들여진 밤을 보냈다. 그런데 웬일로 그는 그날 밤 잠을 이루지 못하고 침대 위에 계속 앉아 있었다. 그가 그렇게 앉아 있자, 자꾸 몸이 가라앉는 것이 느껴지지만 잠을 잘 수가 없었다. 창밖이 퍼렇게 밝아올 때쯤 나는 결국 견디지 못하고 침대 위에서 일어나 주섬주섬 옷을 챙겨 입고 문 손잡이를 잡았다. 분명히 내 기척을 들으면서도 그는 꼼짝도 하지 않았다. 내게 시선을 돌리지도 않았다. 내가 막 문 손잡이를 돌리던 그때, 그런 채로 그가 말했다.

"여신아."
"……네?"
"내가 좋은가?"
"……네?"

귀를 믿을 수가 없었다. 그가 답답한 듯 재차 물었다.
"나를 사랑하냐는 말이야."

숨이 확 막혀왔다. 한참의 침묵과 망설임 후에 나는 대답했다.

"네……"

그때는 그렇게 생각했다. 그가 고개를 홱 들었다. 나는 순간 몸을 부르르 떨었다. 푸르스름한 새벽빛 속에서 그의 눈은 무섭게 불타고 있었다. 내가 이 집에 처음 와서 정원을 보고 감탄할 때 '싸구려야'라고 내뱉었던 바로 그 눈빛이었다. 아들과 다툴 때도 그런 눈빛을 하고 있었을 것이라고 생각했다. 그 무서운 눈으로 나를 뚫어지게 쳐다보며, 그가 다시 한번 물었다.

"그렇다면, 나를 위해서라면 서적 수집인을 그만둘 수 있겠나?"

"……"

민규씨는 결코 그 부분을 이해하지 못했다. 그는 여러 번 내게 물었다. 주인을 사랑한다고 생각했다면 왜 거기에 대답하지 못했냐고. 그리고 어떻게 나를 서적 수집인으로 대접할 수 없는 자신과는 함께 살 수 있느냐고. 이제 민규씨의 질문에는 대답할 수 있다. 나는 주인을 서적 수집인의 주인으로서 사랑했던 것이다. 그것은 힘에의 경도였고, 자기 자신을 그림자로 위치지어버린 사람이 자신을 생성시켜준 빛을 보며 느끼는 경이였다. 서적 수집인이라는 지위는 나의 모든 것이었다. 나는 그것을 위해 태어나고 자라났다고 생각하고 있었다. 인형이 자신의 주인을 사랑하듯이, 나는 주인을 사랑했다. 반면에

민규씨는 처음부터 나를 사랑할 수 있는 대상이자 사랑할 수 있는 능력을 가진 '여자'로 생각했다. 서적 수집인으로 사는 것보다 여자로 사는 게 더 낯설지만, 사랑받고 사랑하는 자로 살기 위해서는 서적 수집인의 역할을 버릴 수 있다. 이 대답이 말로 되어 나올 때까지 민규씨는 꽤나 오래 기다려주었다.

그러나 주인은 그렇게 오래 기다려주지 않았다.

"으아아아—"

갑작스런 괴성에 놀라 움츠린 머리 위로 침실 스탠드가 날아갔다. 스탠드는 유리창에 맞아 떨어질 때까지도 나는 그것이 주인의 목소리였다고는 생각하지 못했다. 그러나 주인은 계속 분노와 절망이 섞인 괴성을 질러대며 손에 잡히는 대로 물건들을 내게 던졌다. 침대 위에 놓여 있던 물잔, 물주전자, TV 리모컨, 마침내 벗어놓은 시계까지 던지며 그는 계속 소리를 질렀다. 그가 탁자를 내 앞으로 차던질 때쯤엔 나는 물건들에 얻어맞고 포위되어 방바닥에 쓰러져 있었다. 그는 내 머리채를 잡아 물건 더미에서 끌어내며 외쳤다.

"이년, 이년을 내쫓아! 빨리 내 눈앞에서 꺼져버려! 뭐 하는 거야? 박 기사, 빨리 차 끌어다 이년 좀 갖다 버려!"

그는 내 몸을 침실문 밖으로 던져버리고 문을 쾅 소리

가 나게 닫았다.

'뭔가…… 잘못된 거야…… 내가 뭘…… 잘못했지?'

나는 멍한 정신으로 간신히 몸을 추슬러 벽을 짚고 내 방으로 나아갔다. 주인의 침실에서는 더 이상 뭘 내던지는 소리는 나지 않았다. 내 방에 들어가자마자 나는 정신을 잃고 침대에 쓰러졌다.

눈을 뜨자 나를 내려다보고 있는 얼굴이 있었다. 깜짝 놀라 몸을 일으키려고 했으나 몸은 마음대로 움직여주지 않았다. 약한 신음 소리가 입에서 새어나왔다. 머리에 물수건이 얹혀 있는 것이 느껴졌다. 얼굴이 안됐다는 어조로 말했다.

"좀더 쉬어요. 회장님은 이런 날은 안 들어오시니까…… 내일 오전까지만 나가면 될 거예요."

그 말을 듣자 간밤에 벌어졌던 일이 한꺼번에 머리에 떠올랐다. 꿈이라고 믿고 싶었지만 그것은 꿈이 아니었다. 내 머리맡에서 마치…… 어머니처럼…… 물수건을 얹어주고, 나를 내려다보고 있었던 사람은 평소에 나와 말 한마디 나눠본 적 없던 가정부였다. 가정부는 물수건을 내려놓고 두툼한 손으로 머리를 짚어보았다.

"열은 내렸네. 잠깐만 있어요. 미음이라도 끓여올게."

"아뇨…… 괜찮아요……"

"괜찮긴. 이제 아가씨는 혼자 살아야 해요. 마음 다잡아먹고, 몸 추슬러야 해요."

 그 말, 그리고 가정부가 나가면서 한 혼잣말, '정말…… 회장님이 데려오시는 아가씨들은 어쩜 저렇게 다 똑같이 애기 같고 순진하담.' 이 말들은 절대로 보고 싶지 않았던 사실을 똑바로 보게 해주었다. 추방. 무엇을 잘못했는지 모르겠지만, 추방. 주인 없는 서적 수집인이란 존재하지 않으므로, 추방이란 곧 서적 수집인으로서의 죽음. 쓰디쓴 눈물이 코를 타고 올라와 눈가로 흘러내렸다. 가정부가 쟁반에 받친 미음을 들고 들어올 때까지 나는 눈을 감고 목울대를 움직이며 계속 울었다.

 나가는 일은 너무나 간단해서 믿어지지 않을 정도였다. 가정부가 작은 트렁크에 옷을 챙겨주었지만 받지 않았다. 나는, 내 생각에는, 죽은 사람이었다. 죽은 사람에게 옷이 무슨 필요가 있으랴. 옷은 다음날을, 미래를 생각할 때 챙길 수 있는 것이다. 어떤 미래도 희망도 보이지 않았다. 안쓰럽게 바라다보는 가정부의 눈길을 뒤로 하고 나는 아무 말 없이 차에 올랐다. 기사는 내가 알 수 없는 골목들을 한참 돌아 사람 많은 거리에 차를 세웠다.

"여기서 지하철을 타면 웬만한 데는 갈 수 있을 거고……"

"고맙습니다."

 나는 기사의 말을 짧게 잘랐다. 누군가가 내게 말을 한다는 것, 누구의 말을 듣는다는 것, 그 모두가 귀를 지지는 듯한 고통이었다. 기사는 내 냉랭한 어조에 잠깐 머뭇거리다 팔을 뒤로 뻗었다.

"이거, 받아둬요."

"……네?"

"고집부리지 말고…… 서울에서 돈 없으면 당장 어떻게 지내려고? 오늘밤은 어디선가 자야 할 것 아뇨? 밥도 먹어야 하고."

 내밀어진 손에는 만원짜리 대여섯 장이 쥐어져 있었다. 나는 잠깐 망설이다가 그 돈을 받아들었다. 따뜻한 체온이 곁들여진 돈을 받자 다시 가슴이 울렁이려고 했다. 이번에는 진심으로, 천천히 인사했다.

"고맙습니다, 아저씨."

 차는 쑥스러운 듯 황급히 떠나버렸고, 나는 지하철 역 앞에 막막하게 서 있었다. 지하철을 타고 내가 갈 수 있는 곳은 없었다. 혼자 학교를 찾아갈 수도 없었고, 어디에 아는 친척이 있는 것도 아니었다. 그러나 움직이고 싶었다. 가슴속에 자리잡은 상처와 상실감에 눈을 돌리지 않기 위해서는 움직여야 했다. 어디에 뿌리박지 못할 바에는 끊임없이 움직여야 했다. 나는 다른 사람들이 어떻게 하는지 힐끗힐끗 바라보며 어색하게 지하철 표를 사서 개찰구에 넣고 지하철을 탔다. 서둘러 빈자리에 앉는 사람들의 모습을 보며 나도 자리에 앉았다. 아직 풀리지 않은 몸이 욱신욱신 아파왔다. 몇 정거장 지나자 자리는 점점 비좁아들었고, 나는 아랫니를 지그시 깨물었다. 지하철은 끊임없이 멈추다가 가다가 했다. 어차피 내릴 곳이 정해져 있지 않은 나로서는 상관없는 일이었다. 갈 수 있는 만큼 가다가 내려 걸을 수 있는 만큼 걸어보리라. 그렇게 생각하니 마음이 편했다. 나는 눈을 감고 몽롱한 상태에 빠져들었다. 아픔은 희미하게 느껴지면서도 내 육체가 어디에도 존재하지 않는 것 같고, 단지 의식만이 어느 공중에 떠도는 것 같았다. 나는 아무 생각 없이 얕은 호흡을 하며 그 느낌에만 집중했다. 깜빡 잠이 든 것이었을 수도 있겠지만, 나는 그렇게 생각하지 않는다. 정신은 명료하되 아무것도 생각하지 않는 상태라는 것이 더 걸맞는 말일 것이다. 아마 그 사건이 없었으면 지하철 노선 종점으로 갈 때까지 그렇게 있었을 것이다.

갑자기 귀에 거슬리는 딱딱 소리가 났다. 웬만한 소리를 지각의 희미한 저편으로 밀어놓고 있던 나조차도 신경을 쓰지 않을 수 없는 소리였다. 눈을 뜨자 나보다도 어려 보이는 남자애 하나가 칼을 꺼내들고 가로대를 두드려대는 것이 보였다. 어쩌려는 걸까? 자세히 보니 남자애는 자리에 앉은 아주머니 한 분한테 소리지르다시피 거칠게 말하고 있었다.

"어이, 아줌마, 여기 할아버지가 앉으시려는 거 안 보이우?"

그러고 보니 할아버지 한 분이 그 앞에 서 계시긴 했다. 그렇지만 그게 무슨 짓이람? 일단 칼을 보자 나는 가슴이 얼었고, 아주머니도 마찬가지인 듯 질린 얼굴로 남자애를 쳐다보고 있었다. 남자애는 의기양양하게 말을 이었다.

"낯살 처먹은 여자들은 모두 그 정도 싸가지밖에 안 되는 모양이지? 노인이 서 계신데 엉덩이를 비집어 넣는다? 아줌마, 아저씨 좆에 엉덩이 돌릴 때도 그렇게 비집어 넣어? 그럴 때만 그러면 되잖아? 당장 못 일어나?"

서서히…… 서서히 내 가슴에 어떤 분노 같은 것이 지펴지기 시작했다. 정작 분노라고 깨닫기엔 너무나 미약하고 여린 감정, 하지만 참고 넘기기엔 너무나 힘든 감정. 왜 세상은 책에서처럼 아름답지 않은 걸까? 갑자기 나는 이제 더 이상 서적 수집인이 아니라는 것이 어떤 의미를 갖는지 뼈저리게 깨달았다. 더 이상 내가 만나는 세계는 비참하거나 속악한 장면까지도 전체 구성 안에서 어떤 비중과 필연성을 가지고 나타나는 책의 세계가 아니었다. '서적 수집인'이라는 신분은 나와 세계를 절연시켜주고, 나를 안전하게 보호해주는 둥지 같은 것이었다. 이제 나는 그 둥지에서 밀려났고, 더 이상 나를 세계에서 보호해주는 것은 아무것도 없었다. 나는 이제 앞으로 이런 장면들을 숱하게 만나면서 살아가야 할 것이다. 거기에 대해서 아무것도 할 수 없는 주제에 가슴 아파하고 허우적거리면서. 나는 몸을 떨며 자기도 모르게 중얼거렸다.

"저런 모습을 앞에 두고도, 사람을 극악하고 광폭하게 하는 것이 과연 지나친 상상력이나 영혼의 힘이라고 할 수 있을까?"

옆자리의 남자가 나를 눈으로 훑어내리는 것이 느껴지고서야 그 말이 실제 음성을 입고 내 입에서 새어나갔다는 것을 깨달을 수 있었다. 나는 깜짝 놀라 눈길을 내리깔았다. 아직 서적 수집인의 규율에 익숙해져 있는 나로서는, 요구받지 않고 말하는 것은 충분히 처벌받을 만한 부주의였다. 그때는 옆에 앉아 있는 사람이 주인이 아니라는 사실도 떠오르지 않았다. 옆에 앉은 남자는 '아침 먹었냐?'고 묻듯이 심상하게 물었다.

"갑자기 무슨 말이오?"

"사드의 책에 있는 말이에요."

주인의 물음에 대답하는 것처럼, 나도 기계적으로 대

답했다. 남자의 그 다음 행동에 나는 깜짝 놀랐다. 그는 마치 앞자리에 놓여 있는 신문을 가지러 가는 것처럼 자연스럽게 일어나 그 남자애 앞으로 다가가며 말했다.

"저, 그런데요."

무얼 어떻게 하려는 것일까? 손에 칼을 쥔 어린애를 설득하려는 무모한 짓을? 나는 숨을 삼키며 그를 바라보았다. 다음 순간 그의 몸짓은 보이지 않을 정도로 빨랐다. 무엇이 어떻게 되었는지도 모르겠는데 남자 아이는 비명을 지르며 앞으로 고꾸라졌다. 엎어진 그 아이의 귀에 대고 남자가 무어라고 속삭였고, 사람들이 갑자기 슬그머니 박수를 치며 돈을 던지기 시작했다. 남자는 여유롭게 돈을 주워 자리로 돌아오더니 도로 눈을 감았다. 나는 잠시 혼란스러웠다. 이 돈을 바라고 남자는 그런 짓을 한 것일까? 그러나 그렇게 보기에는 아까 상황이 너무 위험스러웠다. 남자애와 내 옆의 남자가 서로 짜고 연극이라도 하지 않은 이상(그리고 나는 무슨 이유 때문인지 아까의 상황은 연극이 아니었다고 확신하고 있었는데) 남자애가 조금만 빠르게, 크게 칼날을 휘둘렀더라면 남자도 좁은 지하철 안에서 상처를 피하지 못했을 것이었다. 남자가 그 대가로 거둔 돈은 그리 큰 것이 아니었다. 거기에 생각이 이르자 나는 남자의 어깨 쪽으로 얼굴을 돌리고 속삭였다.

"용감하셨어요."

남자는 흘끗 나를 바라보더니 더 이상 듣기 싫다는 듯이 도로 눈을 감아버렸다. 약간의 서글픔이 가슴을 찔렀다.

'무시당하는 건 이제 그만…… 난 더 이상 서적 수집인이 아니잖아……'

"용기를 보이고, 그 용기를 과시하지 않는 사람은 용감한 사람이에요. 정말 용감하셨어요. 그냥 제 찬사로 받아주세요."

한단어 한단어 또박또박, 주장하듯 힘을 주어 말했다. 남자가 눈을 뜨고 나를 바라보았다. 놀란 것도 같고 분개한 것도 같았다. 잠시 침묵이 흘렀고, 남자가 입을 열었다.

"난 그저 내 신경을 건드리는 물체를 벽에 던졌을 뿐이오. 난 내 잠을 방해받기 싫었으니까. 자, 알았으면 이제 쓸데없는 찬사 따위는 그만해줘요. 난 남부터미널역에서 내려야 해요."

나는 그 순간 민규씨를 사랑하기 시작했던 것 같다. 무심히, 친절하게, 자신을 잃지 않고. 그것은 내가 한번도 접해본 적 없는 존재의 방식이었고, 나는 내가 살아가는 데 있어서 그런 방식을 성취할 수 있기를 절실히 바랐다. 그렇지 않고는 그 끌림을 설명할 수 없다. 나는 결국 민규씨를 따라 내렸고, 심지어 멀어져가는 그를 부르기까지 했다.
"저, 잠깐만요!"
그때, 온통 금속성의 은빛으로 빛나는 것 같던 지하철역에서, 돌아다보는 그를 보는 나의 기분은 어떠했던가. 웬 낯선 사람이 나를 부르는가, 무슨 일인가, 빨리 지나갔으면...... 그의 얼굴에는 그런 표정이 역력했고, 내가 그 표정에 맞서서 할 수 있는 일은 아무것도 없었다. 내 입에서 무슨 말이 나오는지도 모르는 채 나는 지껄였다.
"그 할아버지와 아줌마를 대신해서, 감사하다는 말씀을 드리고 싶어요. 괜찮겠지요?"
"그 할아버지나 아줌마랑 무슨 관계 있어요?"
그는 너무 냉랭했다. 지금 생각해보면 당연한 일이었으리라. 그에게 나는 너무나 낯선 여자였고, 아무 의미 없는 길바닥의 사물이었다. 그러나 나는 그때 절박했다. 무엇에든 맞서서, 필사적으로, 나 자신의 근거들을 마련해내야 했다. 내가 그에게 말을 건 근거, 그가 나에게 어떤 의미인 근거. 나는 내가 무슨 말을 하는지도 모르는 채 지껄였다.
"아, 아뇨. 하지만, 인류가 보여준 어떤 선의에 대해서 인류의 한 구성원으로서 감사하는 일이 이상한가요?"
그러나, 그때 그가 내게 던진 말은 내 존재의 정곡을

쩔렀다.

"당신, 설마…… 갈 곳이 없는 거요?"

그것은 사실이었다. 나는 갈 곳이 없었다. 그 사실이 묘하게 나의 자존심을 일깨운 건 무엇 때문일까? 자존심을 가장 솟구쳐 세우는 것은 결국 사실이란 말인가? 그 순간 나는 수치를 느꼈고, 이 사람에게만은 의탁하지 않겠다는 오기 같은 것이 끓어올라왔다. 나는 할 수 있는 한 나 자신을 붙들며 말했다.

"네. 그렇다고 내가 당신에게 같이 있을 곳을 구걸한다고 생각해요?"

그는 한 순간 아무 말도 하지 않았다. 그것이 그가 내게 보인 허점이라면 허점이었다. 나는, 그 순간, 모든 것이 무너져내려도 상관없다는 오기에 나를 붙잡아매며 말했다.

"내가 갈 곳이 없는 건 사실이에요. 당신을 따라 내린 것도 사실이구요. 하지만 난, 어디로 가야 할지 모르는 상황에서라도 당신에게 감사를 표하고 싶었어요. 당신은 내가 치사하게도 감사를 저당잡아 당신에게 있을 곳을 구하리라고 생각했나요? 가진 게 없는 사람은 감사라는 감정마저도 표할 수 없다고 생각하나요? 난 세상사에 서툴러요. 하지만 난 그런 게 세상사라고는 생각하지 않아요. 그래요, 난 갈 곳이 없어요. 하지만, 당신이 느끼고 있었던 부담을 안 이상, 당신과 같이 있고 싶은 마음은 추호도 없어요."

그것은 거짓말이었다. 나는 그와 같이 있고 싶었다. 그에 매달리고, 그가 가지고 있는, 적어도 가지고 있다고 생각되는, 생활의 근거에 의지하고 싶었다. 그러나 그것을 드러내보일 수는 없었다. 그것은 내가 절망적으로 매달려야 하는 마지막 자존심이었다. 그 자존심이 없었더라면 그와 엮어질 수도 없었으리라. 그는 다행히도 나를 보내지 않았다. 그는 어깨를 잡아주었다. 차마, 바라지 못했던 어떤 체온. 놀라 돌아보는 나의 눈길에 그는 말로 답해주었다.

"나, 나는 그런 뜻으로 말한 건 아니었고⋯⋯ 당신은 더 이상 도피할 곳이 없다는 상황을 면죄부처럼 사용합니까? 난 지금 방금 그런 사람을 하나 보내고 오는 사람이오. 당신이 좋다면 내 집에 있어도 좋아요. 거지 같은! 난 내가 벌어서 살고, 누구에게도 빚진 게 없는 사람이오. 그런데 어떻게 당신 같은 사람이 내게 그렇게 당당하게 말할 수 있지? 당신은 어차피 누구에게 의지해야 하는 사람이 아니오? 혼자 살 자신이 있어요?"

그는 바르게 말했다. 어떤 상황에서 바르게 말하는 방법은 존재한다. 그것은 나의 자존심을 다치지 않고, 그러면서도 나를 굴복시키지 않고, 또한 그의 존재를 인정시키는 방법이었다. 나는 나도 모르게 웃었다. 그것은 그에 대한 감사의 웃음이었다. 그는…… 그가 알았을는지 모르지만, 나를 가장 상처입히지 않는 방법으로 말했다. 그때 그렇게 상처입기 쉬웠던 나를.

"아니에요. 그렇게 화내시라고 말한 건 아니었어요. 단지 잠시 제 감정이 북받쳐올랐기 때문에…… 그렇게 심각하게 받아들이시리라고는 생각하지 않았어요."

그는 아무 말 없이 가만히 나를 들여다보았다. 사람의 눈에 표정이 있는지, 나는 아직도 잘 알지 못한다. 소설이나 시에서는 있다고들 말한다. 그러나 사람이 자신의 감정을 풀어놓지 않을 때에 그것이 있는지 확신한다는 것은 너무 어렵다. 그는 그 당시로서 내가 가장 읽어낼 수 없는 눈동자를 하고 있었고, 결국 침묵을 버텨내지 못한 것은 나였다. 내가 먼저 말했다.

"미안해요. 예의를 갖추어서 말할게요. 전 지금 들어가 살 집이 없어요. 같이 살아줄 만한 친구나 친지가 없고요. 제가 혼자 있을 집을 구할 동안만이라도, 저를 받아들여주시겠어요?"

그가, 고개를, 끄덕여주었다. 그때부터 내 인생이 변했다. 이제 나는 행복하다. 누가 무어라고 말한다 해도, 그때 내 인생의 갈림길이 정해졌다. 그러고 보면 끄덕임이란 정말 위대하다. 육체로 나타나는 커다란 긍정……

서적 수집인으로서의 실패와 좌절의 수기는 아마 여기까지면 충분하리라. 나는 그렇게 민규씨 집에 와서 살기 시작했다.

 그 후의 사소한 일들은 모두 생략하자. 지금 우리의 가장 큰 관심사는 나의 임신이다. 처음 내가 임신한 것을 깨닫고, 그것이 주인의 아이임도 확실해졌을 때, 민규씨는 아기를 지워야 하지 않을까고 물었다. 나는 아무 말도 하지 못했다. 임신을 확인하고 산부인과에서 나와 후들후들 떨리는 다리로 지하철 역에 막 걸어들어가려고 하는 때, 민규씨가 팔로 내 어깨를 두르고 나를 바라보았다.

"……키우고 싶니?"

"……"

 민규씨가 한숨을 쉬었다.

"그럼, 키우자."

 그 이후, 그는 그 아이가 주인의 아이임을 암시하는 말은 한마디도 하지 않는다. 마치 자신의 아이를 임신한 여자에게 대하듯이 살뜰하게 나를 보살펴준다. 그러나 그 사실은 우리 사이에 거미줄처럼 덮여 있으며, 우리 둘 다 그것을 알고 있다. 그 때문에 나는 늘 미안하다. 아기를 낳게 되면 이 미안함이 더해질까, 생각해본다. 어쩌면 처음에 그의 물음 속에 숨어 있던 은근한 권유대로 아기를 지웠어야 하는 건지도 모른다. 그러나……
지나간 일들에 대한 어두운 회한은 이제 그만, 그만.
그가 돌아올 시간이다. 밖에서 인기척이 난다.

III

1

그 며칠 전, 그가 메일을 보냈다.


연속 출력하시겠습니까? (y/n) y

메일 번호: 1/1 메일 형태: TXT
발신인: otherself
제목: 놀랐습니다. 그래서 대가를.

소문이 하나 떠돌더군요. 처음에는 믿지 않았습니다. 깊은 목구멍들이 웅얼거리는 소문이란 그리 믿을 것 없는 경우가 대부분이니까요. 님께서는 거기에 가타부타

응답하지 않았습니다. 그것도 님의 성격이려니 했습니다. 하지만 무시할 수 없는 증거가, 벌리지도 않은 제 손에 들어오더군요.

　인간이 가는 길은 다 다르겠지요? 어떤 길을 한참 가다가 다른 길을 선택했다면, 그것도 그리 떳떳하게 선택한 길이 아니라면, 거기에 대한 대가 또한 각오하신 것이라고 보아야겠지요? 그것이 미래와의 완벽한 단절일지라도, 그 정도 생각 안 하고 선택하진 않으셨겠지요? 그것이 제 손을 빌려 이루어진다고 해도 놀라진 않으시겠지요?

　그렇겠지요?

To TERROR4EGO(?)<br>From otherself(?)

편지를 저장하시겠습니까? (y/n) n

　나는 어금니를 악물며 재빨리 접속을 끊어버렸다. 그가 어떤 조롱을 하고 있는지, 무슨 말을 하고 싶어하는지 충분히 알 수 있었다. 어떻게 알았을까? 테비에서는 서로 대면하지 않는 것이 원칙이었다. 심지어 테비는 가입할 때 실명이나 주소, 전화번호를 써야 하는 의무도 없다. 그것은 테러리스트들이 경찰에 붙잡혔을 때 더 이상의 피해를 다른 사람에게 끼치지 않게 하기 위한 배려였다. 당연히 그는 나를 한번도 본 적이 없고, 이름과 주소 따위도 알지 못한다. 그런데 그가 어떻게? 한번도 본 적 없는 그의 낄낄거리는 웃음 소리가 들려오는 것 같았다. 너는 그렇게 쉽게 변절했군. 너를 죽여버리겠어.

미래와의 완벽한 단절, 그것은 명백한 죽음의 위협이었다. 우습게도 그 순간 내가 제일 먼저 떠올린 건 여신의 뱃속에 들어 있는 아이였다. 완전히 우스운 것은 아니다. 내가 '변절'한 것은 여신과 그 아이를 위해서였고, 이제 그 아이의 태교 음악으로 '죽음에의 예고'가 울려퍼지고 있는 것이다. 나는 컴퓨터를 꺼버리고 뒤를 돌아보았다. 침대 위에서는 여신이 새근새근 자고 있었다. 이제 그녀의 배는 임신중임을 확실히 알아볼 수 있을 정도로 불룩했다. 침대 옆으로 다가가 그녀의 배를 살살 쓰다듬어보았다. 이불로 덮여 있었음에도 불구하고 몸이 눈에 띄게 움찔하더니, 여신은 옆으로 돌아누워버렸다. 감동이라고 부를 만한 묘한 경이감이 찌르르하니 온몸을 꿰뚫었다.

'저게 모성애인가?'

문득 그 며칠 전에 우연히 보았던 광경이 머리에 떠올랐다. 약간 늦잠을 잔 아침이었다. 왜인지 모르게 그냥 피곤했고, 창가에서 쏟아지는 온기 없는 햇빛이 마음에 들지 않았다. 몸을 붙들고 놓아주지 않는 잠과 일찍 일어나는 습관 사이에서 뒹굴다가 나는 천천히 눈을 떴다. 눈 앞에 커다란 물체가 하나 버티고 있었다. 그것이 여신의 배라는 것을 깨닫기까지는 시간이 좀 걸렸다. 여신은 내가 깬 것을 눈치채지 못한 채, 자신의 배를 손으로 받치고 내려다보고 있었다. 무어라고 형언할 수 없는 감정이 그 시선에 드러나 있었다. 그것은 따스하고 무한한 애정이기도 했고 자신의 뱃속에 들어 있는 낯선 생명에 대한 당혹감이기도 했다. 울음을 터뜨리기 직전에나 지을 수 있을 듯한 미소가 그녀의 입가에 자리잡고 있었다. 잠시 후 그녀는 천천히 오른손을 움직여 배를 둥그렇게 쓸었다. 더 이상 보고 있기가 힘겨웠다. 나는 일부러 몸을 뒤척이며 신음 소리를 냈다. 여신은 깜짝 놀라며 내게 이불을 덮어주고 부엌에 가서 아침 준비를 시작했다. 5분쯤 후에 내가 일어난다는 기척을 있는 대로 내며 일어났을 때, 그녀는 이미 '이제 깼어요? 잠꾸러기같이. 밥 먹어요'라고 쾌활하게 말하는, 일상적인 나의 여신이었다.

'후회하지 않아.'

잠든 그녀 앞에서 나는 맹세하듯 고개를 끄덕였다. 술집에서 일하던 시절, 내 누이동생도 애를 뗀 적이 있었다. 누이는 어찌해야 할지를 모르고 병원 대기실에서 떨고 있었다. 그 아이의 손이 차가웠다는 기억이 난다. 누구의 씨인지도 모를 아기의 손과 발과 머리를 의사가 하나씩 조각내고 있을 때, 민선이는 몽롱한 목소리로 계속해서 '아아, 아파······' 하고 중얼거렸다. '이렇게 아픈 건 처음이야······' 라고도. 목이 잠긴 듯 불분명한 소리였지만 얇은 나무문 하나 정도는 뚫고 나올 정도로 큰 소리였다. 대기실에 앉아 그 소리를 들을 때마다 내 몸은 저절로 움찍거렸다. 부분 마취 상태에서 흘러나오는, 침더께가 덮인 듯한 눅진한 그 목소리가 내 몸의 모든 구멍을 콕콕 찔러대는 것 같았다. 수술이 끝나고 간호사가 '보호자, 회복실로 들어오세요'라고 말했을 즈음에는 나는 열병에 걸린 것같이 온몸을 부들부들 떨고 있었다. 그 후 한 나흘 가량 민선이는 제대로 운신도 하지 못했다. 걱정이 되어 그애가 누워 있는 방을 들여다보면, 기진한 그애 옆에 눈물이 묻어 구겨진 크리넥스가 여기저기 흩어져 있었다. 어둑어둑한 방안에서 그것들은 날갯죽지가 꺾인 채 죽어 널브러져 있는 작은 새들처럼 보였다. 그게 민선이가 열넷 때였던가.

그런 경험을 여신과 되풀이할 수는 없었다.

나는 다시 한번 방안을 둘러보았다. 두 사람이 간신히 몸을 눕힐 만한 작은 침대, 조그만 부엌과 역시 조그만

냉장고, 비좁은 화장실, 낡은 컴퓨터가 놓여 있는 1인용 책상, 그리고…… 침대 위에 누워 있는 여신. 그것이 내가 세상에서 가진 전부였다. 민선이가 몸을 팔고 내가 술 취한 손님 지갑을 도둑질해가며 모은 돈으로 마련한 자그만 공간과 그 안에 편안하게 잠들어 있는 여자 하나가. 내가 그것들을 버리고서라도 지켜야 하는 가치란 없었다. 변절? 폭력을 통한 독자적 삶의 성취? 그 순간, 그런 것들은 아무 의미도 없었다. 나는 후회하지 않았다.

그러나, 그날 밤은 악몽을 꾸었다.

어둡고 삭막한 벌판이었다. 마른 풀들이 사그락거리는 소리를 냈고, 나는 어디론가 가야 한다는 강박관념에 쫓겨 거의 뛰다시피 걸어가고 있었다. 몸을 날릴 만큼 세찬, 점점 거세지는, 마침내 뼛속까지 얼려버릴 것 같은 미친 바람이 귓전에서 웅웅거렸다. 옷깃을 여며도 소용이 없었다. 발 밑에서 무엇인가가 자꾸 밟히며 빠닥거리고 부서졌는데, 아무리 그런 생각을 하지 않으려 해도 그것이 죽은 사람의 희디흰 뼈라는 생각을 떨쳐버리기 어려웠다. 결국 나는 뛰기 시작했다. 떨리는 다리 위로 헉헉거리는 숨이 차오를 무렵 지형이 갑자기 바뀌었다. 어디로 가야 할지 막막하던 벌판이 끝나고 여기저기 골진 도랑 사이로 물이 콸콸거리며 흘러가는 소리가 들렸다. 그 꿈에서는 어둠 속의 물소리마저 평화롭지 않았다. 더구나 그 물소리에는 낯설면서도 익숙한 어떤 목소리가 섞여 있었다. 꿈에서만 가능한, 주변 상황을 다 잊어버리게 만드는 갑작스런 호기심에 휩싸여 나는 발걸음을 멈추고 물을 들여다보았다.

"······빠? 오······빠······?"

컴컴한 물 속에서 부드럽게 떠오르는 하얀 얼굴 하나.

"민선이?"

물 속에서 눈을 빤히 뜨고 나를 올려다보는 그 얼굴은 민선이였을까, 아니었을까? 아직도 알 수가 없다. 염색한 유리 같은 갈색 눈이 깜빡이지도 않고 깊게, 숨막히도록 깊게 나를 응시했다. 웃음도 연민도 없이 굳은 표정 속에서는 날카로운 조롱과 무관심 같은 것, 더 근본적으로는 새까맣고 날렵한 악의 같은 것이 비쳐나오고 있었다. 민선은 말없이 손을 내밀었다. 그 손은 채 수면까지 올라오지 못한 채, 희고 가벼운 물그림자만을 만들어내고 있었다.

"잡아······줄······래?"

여전히 세차게 흐르는 물 속에서, 얼굴 한가운데 뚫린 검은 구멍 같은 입이 천천히 벌어졌다가 닫혔다. 그러나 나는 그 손을 잡을 수 없었다. 무서웠다. 턱턱 떨면서 나는 내 손을 내려다보았다. 피로 물든 손. 아니, 새하얀 손. 어둠 속에 잠긴 손. 내 것이 아닌 듯이 파랗게 질려 서서히 죽어가는 손. 물 속에서 얼굴이 빙그레 웃었다.
"언제나 너무 빠르고, 언제나 늦고, 언제나 발을 헛디디고…… 시간의 물살이 다할 때까지 손을 내밀지 못할……"

하얀 팔에서 서서히 힘이 빠져 물결 사이로 흐려지며 가라앉아갔다. 물살이 조금 늦추어지는 듯싶었다. 검은 물 속에서 더욱 눈부신 나체가 흰 코스모스처럼 한들한들 흔들렸다. 그런데, 잘못 삐져나온 꽃대궁이마냥 머리끝 발끝에서 튀어나온 저건……? 그것을 자세히 들여다보려다가 나는 숨을 삼켰다. 물 속의 민선이는 꼬챙이에 꿰인 생선같이 머리끝부터 발끝까지 거대한 갈대에 꿰어 흔들리고 있었다! 머리 위로 얹힌 갈댓잎이 물결의 흐름에 따라 선명해졌다 흐려졌다 했다. 곧 물살이 다시 거세어졌고, 갈대와 민선이는 좌우로 기우뚱거리며 천천히 떠내려가기 시작했다. 민선이의 입가에 엷은 미소가 맺히는 것이 희미하게 보였다. 섬뜩한 미소, 나를 용서하지 않는 미소였다. 그렇게 민선이가 사라져갔다.
"안 돼, 가지 마!"

그제사 입이 떨어져 소리를 지를 수가 있었다. 그러나 몸은 꼼짝할 수 없었다. 어느새 벌판에서 바람을 타고 날아온 뼛가루들이 모래 밧줄이 되어 내 몸을 친친 감고 있었기 때문이었다. 뼛가루, 한 도시를 파묻고도 남을 만한 뼛가루들이 내 발에, 종아리에, 허리에, 팔에 달라붙었다. 입을 막고 기도를 점령했다. 귀·코·눈·땀구멍 하나하나, 서걱거리는 뼛가루가 파고들지 않는 곳이 없었다. 몸이 무거워지면서 숨이 막히고, 의식이 서서히 멀어져갔다. 죽음이 다가오고 있었다…… 그러나 그 죽음은 누구의 죽음인가? 나의? 민선이의? 아버지의? 민선이의 아기? 내가 밟아죽인, 부활을 기다리던 수많은 해골들? 누구의? 누구의?

2

그 다음날로 나는 삐삐를 샀다. 콩알딱지만한 용산의 가게에서 점원이 내 손에 삐삐를 쥐어주었을 때, 나는 연락과 책임이라는 그 무거운 것이 작고 차가운 기계를 통해 전달되는 것을 느꼈다. 그날 집에 돌아가자마자 나는 여신에게 삐삐 번호를 알려주고 무슨 안 좋은 일이 있으면 꼭 삐삐를 치라고 일러두었다. 여신은 속도 모르고, 내가 느끼는 섬뜩한 위험과 부담감도 모르고, 그저 생글생글 웃으며 좋아하기만 했다.

삐삐를 산다는 것은 새로운 느낌이었다. 그 이전에 나는 누구의 호출을 기다릴 일도 없었거니와, 누가 호출을 한다 해도 내가 응답할 일이 없었을 것이다. 그러니까 그때까지의 내 인생은 5기로 나뉠 수 있다.

1기: 정민이 형을 만나기 이전의 꼬마 깡패.
2기: 정민이 형과 함께했던, 그러나 집을 뛰쳐나오지는 않았던 그 어느 한 시기. 결국 아버지의 죽음으로 끝맺음한.
3기: 민선이와 함께 죽어라고 돈을 벌고 희망을 벌었던 시기.
4기: 민선이가 결혼하고, 죽고, 여신을 만나서 지냈던, 나와 여신의 과거를 버거워하며 소화하던 시기.
그리고 바야흐로 5기: 돈을 벌어야겠다고 느끼고, 책임과 위험이라는 것이 내 인생에 그림자를 드리우기 시작한다는 사실을 어쩔 수 없이 무거워하고, 여신과의 연락을 위해 결국은 삐삐를 살 수밖에 없었던 시기.

내 인생의 5기는 비교적 단순한 하루하루였다고 본다. 아침에 여신이 차려주는 하얀 밥을 먹고, 여신의 배웅을 받으면서 집을 나선다. 현관 문턱을 건너기 전에 여신의 배를 한 번 쓸어주고 여신에게 웃어주는 것을 잊지 않는다. 그리고 사냥터를 물색한다. 지하철 안이 가장 무난하다. 지하철 안에서는 사람들이 평소보다 신경질적이 되거나 자신을 놓고 흐트러지는 양 경향을 동시에 보인다. 평소에는 그러지 않을 사람들이, 등을 한 번 떠밀리거나 옷깃이 스치고 지나가는 것에 신경질을 낸다. 평소에는 그러지 않을 사람들이, 남을 치고 지나가거나 남이 보는 앞에서 귀에 거슬릴 정도로 떠드는 것을 아무렇지도 않게 여긴다. 타락한 테러리스트들이 있을 곳이 바로 그런 곳이다. 감정의 슬럼 지대. 쓰레기 국물 같이 칙칙하고 냄새나는 혐오감들이 넘쳐나는 곳. 그런 곳에서 나는 한 건을 한다. 그러니까, 내가 누구의 먹살을 잡고 패도 모든 사람이 고개를 끄덕일 만한 상황을 모색한다. 한 시간에 한 번 가량은 그런 일이 생긴다. 사람들의 불편을 생각지 않고 비집고 지나가며 떠들어대는 전철 전도사나, 앉아서 자는 승객들을 쿡쿡 찔러가면서까지 돈을 얻어내려고 하는 걸인들은 영락없는 내 밥이다. 그런 친구들은 실제적인 폭력을 쓸 필요도 없이, 그저 언성을 높이거나 몇 번 툭툭 쳐주는 걸로 겁을 먹고 물러났다. 승객들은 웬만한 경우가 아니고는 실제적인 폭력을 눈앞에서 보는 걸 좋아하지 않는다. 그저 자신이 귀찮아하는 존재를 별탈 없이 눈앞에서 치워주는 것, 그들은 그것으로 만족한다. 나는 심지어, 쉽사리 지갑을 열 것 같지 않아 보이는 승객들에게 사납게 눈 부라리는 법까지 터득했다. 이래 가지고서야 동네 깡패나 뭐 다를 게 있겠나 하는 자조가 마음 한켠에 자리잡았지만, 또 한편으로는 결국 고향에 돌아온 듯한 느낌도 들었다. 아직도 마음속에 살고 있는 어린 깡패가 비싯거리며 거울을 들여다보고 있었다.

다른 사람들의 반응을 살핀다는 것은 새로운 경험이었다. 특히 돈을 위해서는. 그들이 던져주는 돈을 받는 나는 더 이상 자신에 대한 자긍을 느끼지 않았다. 그것은 그저 청소를 하고 돈을 받는 것 같은, 그런 단순 작업이었다. 나는 일할 때 다른 생각을 하지 않으려 했다. 5, 6만 원 일당의 단순 작업이 내가 몸담을 곳을 유지해주고 여신과 여신의 아이를 편하게 해줄 것이라는 것으로 족했다. 여신의 아이가 태어나면 다른 직업, 아마 세상에서 '떳떳하다'고 말하는 직업을 찾아야 하겠지만, 그것은 그 다음 문제다.

경찰들을 피하게 된 것도 변화라면 변화였다. 예전에는 경찰이 그리 두려운 존재가 아니었다. 유치장에서 하루이틀 보내는 것은 우스웠다. 테비에서 말하는 '테러'는 사회의 권위를 무시하고 자신을 모두 버린 사람들이

하는 것이었다. 물론 붙잡히지 않으면 좋은 일이지만, 만약 잡힌다 해도 불편한 자리에서 잠을 자고 맛없는 밥을 먹는 것 정도는 아무것도 아니었다. 경찰은 눈에 불을 켜고 '테러리스트 집단'을 찾고 있었지만, 테비의 실체를 증명해줄 수 있는 물증은 아무것도 없었다. 그러나 이제는 달랐다. 내가 하루 잡힌다는 것은 하루 치의 여신의 걱정과 불편함을 뜻했고, 하루 치 들어올 돈이 들어오지 않는다는 얘기였다. 하루 치만이라고 할 수도 없었다. 일단 사건이 경찰서로 넘겨지면 그것은 정당한 응징이나 예술의 문제가 아닌, '폭행'과 그 피해자의 문제로 변질되었다. 그것이 거듭되면 나는 상습 범죄자로 찍힐 터였고, 여신과 내가 누릴 수 있는 미래는 그만큼 줄어들 터였다. 그런 위험한 일은 더 이상 할 수 없었다. 더구나 경찰에 내 기록을 남기면 남길수록 otherself가 나를 찾아내기도 쉬울 것이다. 나는 그 모든 것을 뼈저리게 알고 있었다. 나는 바야흐로 '생활인'이 되어가고 있었다.

그렇게 한 달여가 지나갔다. 겨울 깊숙이 들어온 날씨는 사람들의 피를 식히고 지갑을 굳게 닫았다. 지하철 안을 돌아다녀봐도, 좌석버스 안에 앉아 있어도, 심지어 고속터미널이나 서울역처럼 사람 많은 곳에 죽치고 있어도 내가 끼여들어 악당을 혼내줄 만한 사태는 거의 눈에 띄지 않았다. 여름에는 하도 많아 귀찮을 정도였던 성추행범들도 이제는 두꺼운 옷을 비집고 여자 다리를 쓰다듬을 자신이 없어졌는지, 한 놈도 보이지 않았다. 하루에 버는 돈이 만 원, 2만 원 수준으로 떨어졌다.

때로는 근심 속의 섹스가 더 자극적이고 달콤할 때가 있다. 최초로 한 푼도 들어오지 않았을 때, 나는 여신을 안았다. 가무잡잡하고 탄력 있는 그녀의 피부…… 그녀의 젖꼭지를 지그시 물다가 나는 물었다.
"임신한 지 꽤 됐잖아. 이제 위험한 거 아냐?"
그녀는 미소를 지으며 고개를 가로저었다. 그러나 그녀는 아무리 위험하다 하더라도 고개를 가로저었을 것을 안다. 나는 거기에 신경쓰지 않았다. 그때는 신경쓰고 싶지 않았다. 나는 그녀를 안았다. 그녀의 살 깊숙이 내 살을 박아넣었다. 그 찌그린, 모성애와 당황 사이의 아픈 표정이 자꾸 뇌리에 떠올랐고, 그것이 더 큰 자극이 되었다. 나는 헉헉거리며 그녀의 여린 살 사이에 뜨거운 정액을 쏟아내버렸다. 섹스가 끝나고 나는 그녀의 얼굴을 가만히 바라보았다. 임신으로 살이 쪄서 겨우 동그래진 얼굴. 그러나 여전히 수심을 감추고 있는 가녀린 꽃 같은.
"걱정되니?"
나는 간신히 이 한마디를 물어보았다. 말을 하면서도

스스로를 비웃었다. 바보같이. 걱정되지 않을 리가 없지 않은가. 나는 한 푼도 벌지 못했고, 아기를 가진다는 것은 보통 일이 아니다. 그녀가 조금이라도 세상 물정을 안다면 걱정이 되지 않을 리가 없을 것이다. 그러나 놀랍게도 그녀는 고개를 가로저었다.
"아니……"
"왜 걱정이 안 돼? 뭘 믿고?"
 나는 황급하게 되물었다. 이 여자가 정말로 뭔가 믿을 구석이 있어서 이렇게 대답하는 것이면 좋을 거라고, 말도 안 되는 가능성을 바랐던 것이다. 내 어깨에 무너져 덮쳐오는 이 불안과 책임을 회피하고 싶은 마지막 몸부림이었을지도 모른다. 그러나 천진하게 빛나는 여신의 눈동자는 내가 나 자신을 속이듯이 속이기에는 너무 진지했다. 그녀가 아름답게 웃었다.
"민규씨를 믿는 거라고…… 모르겠어. 난 민규씨와 있으면 걱정이 되지 않아. 무슨 일을 해도 불안하지 않고. 그거면…… 되지 않아요?"
 나는 그녀의 얼굴을 다시 한번 바라보았다. 행여나 그녀의 눈빛에 거짓이나 허황된 자신감이 있지 않을까 두려워하면서. 그러나, 더욱 무서운 것은 진실이었다. 그녀와 그녀의 눈빛은 절대로, 절대로 나를 믿고 있었다. 아무 자신이 없는 남자가 거짓 자신감이라도 만들어내야 할 만큼 절대적으로. 나는 어떻게 해야 할지 몰랐지만 그녀를 다시 한번 힘주어 안으며 거짓말을 했다. 푸르스름하고 붉은 전광판 불빛이 창으로 비쳐 들어오고 있었다.
"걱정할 것 없어. 다 잘될 거야."
그때가 내가 여신을 마지막으로 안은 밤이었다.

그날로부터 며칠이 지났는지 모른다. 그것은 중요하지 않다. 나는 여전히 지하철 안에 있었다. 다른 사람들에게는 지하철이 움직이는 공간이겠지만, 내게는 정체된 직장일 뿐이었다. 누가 무슨 짓을 벌일지, 내가 하는 일이 어떤 결과를 낳을지 신경을 곤두세워야 하는 점에서는 다른 직장과 다를 점이 없었다. 다행히 그날은 운이 좋았다. 나는 어떤 가죽 핸드백의 배를 가르는 날카로운 칼날을 봐두었던 참이었다. 이제 적절한 틈을 보아 쫓아가기만 하면 된다. 내가 예상했던 대로 핸드백을 멘 여성은 비명을 질렀고, 어떤 젊은 놈이 후닥닥거리며 사람들 사이를 비집고 막 닫히려는 지하철 문을 억지로 열고 뛰어내렸다. 나도 그의 뒤를 쫓아 내렸음은 물론이다. 그 녀석의 주력은 나보다 조금 느렸다. 어느 정도 가면 극적으로 그 녀석의 발목을 잡으며 엎어칠 수 있으리라 예상하며 다리에 좀더 힘을 넣고 있을 때였다.

삐삐가 울렸다.

처음 삐삐가 울렸을 때, 나는 무심하게도 그것이 다른 사람의 삐삐이려니 했다. 삐삐가 진동으로 맞추어져 있었고, 그것이 바로 내 허리춤을 요란하게 흔들어댔음에도 불구하고. 그것이 내 삐삐임을 깨달은 다음 순간 나는 흠칫 멈춰서서 삐삐를 들여다보았다. 597-××××. 오피스텔 번호가 찍혀 있었다. 그 순간 내 머리는 하얗게 비어버렸다. 방금까지 쫓던 소매치기 따위는 뇌리에서 사라져버렸다.

여신이다.

분명, 무슨 큰일이 생기기 전까지는 이 번호로 호출하지 말라고 한 바 있었다. 여신은 그냥 웃었지만, 내 말을 허투루 넘기거나 괜히 호출을 해서 사람을 바보로 만들 여자가 아니었다. 속이 울렁거렸다. 머리에서 피가 빠져 발끝으로 흘러나가는, 창백한 느낌이 온몸을 엄습했다. 허겁지겁 반대 방향의 3호선 전철을 잡아타고 한강을 건너 남부터미널에 이르는 그 거리 동안 숨이 턱에 막혔다. 아무래도 안색이 이상했는지 옆에 서 있던 사람들이 슬슬 피하는 것이 느껴졌다. 엉뚱한 일에 말려들기 싫어서였겠지만, 그때는 오히려 그것이 고마울 지경이었다. 눈에 핏발이 서고 목이 깔깔했다. 천년은 걸렸을 것 같은 동굴을 지나 전철이 멈춰서자, 나는 벼랑처럼 높은 지하철 계단을 전속력으로 달려올라갔다. 도중에 부딪친 사람들은 결코 곱지 않은 흰 눈자위로 나를 흘겨보았지만 지금 그것이 문제가 아니었다. 문제는 삶과 죽음이었다.

어떻게 계단을 뛰어올라갔는지 모른다. 복도에 들어서자, 오피스텔 문이 열려 있는 것이 제일 먼저 눈에 들어왔다. 신발도 벗지 않고 방안으로 달려들어갔다. 호흡이 잠시 멈추었다.

'이럴 수가……'

예기하고 있었던 일임에도 불구하고……

방안은 난장판이었다. 책상 옆으로 굴러떨어진 컴퓨터. 바닥에서 속살을 내보이며 나뒹구는, 얼마 안 되는 내 책들. 무엇이 깨졌는지 유리 조각이 발 밑에서 절걱절걱 밟혔고, 구겨진 채 마루에 끌려 내려온, 여신이 그저께 빨고 어제 깔아놓은 하얀 침대 시트 위에는 여러 개의 남자 발자국이 거멓게 찍혀 있었다. 그리고 그 침대 시트와 맨마루에 몸을 반쯤 걸친 채, 옷이 찢기고 허리 아래가 피로 물든 여신이 누워 있었다. 그녀의 얼굴에는 피멍이 들어 있었다. 마지막 힘으로 간신히 삐삐를 쳤나보다. 손에서 한 뼘도 안 떨어진 곳에 전화기가 나뒹굴어 있었다.

온몸이 부들부들 떨리기 시작했다. 소리를 지르고 싶

었고, 팔과 다리로 무엇이든 때려부수고 싶었다. 그러나 굳어버린 몸이 의지를 배반하고 있었다. 아무것도 할 수가 없었다. 손가락부터, 손가락부터…… 가위에 눌렸을 때처럼 손가락부터 힘을 넣기 시작했다. 서서히 손이 움직이는 것이 느껴졌다. 이윽고 팔에, 다리에, 얼굴에 힘이 돌아오기 시작했다. 그제서야 숨을 쉴 수가 있었다. 나는 숨을 몰아쉬며 바닥에 누워 있는 여신을 안았다. 섬뜩한 차가움이 손을 뚫고 지나갔다.
"여신……아?"
그 차가움이 무엇을 의미하는지 이해하는 데는 조금 시간이 걸렸다. 마침내 그것이 무슨 뜻인지가 심장을 지나 머리까지 도달했을 때, 나는 고통으로 비명을 질렀다. 머릿속에서 수천 개의 백열 전구가 하얗게 빛나고 있었다. 여신을 바닥에 도로 떨어뜨리고, 마루를 두들겨대며 그 위를 데굴데굴 굴렀다. 심장이, 온몸의 혈관이 꼬이고 터져 부서져나가는 것 같았다. 희한하게도 눈물은 흐르지 않았다. 눈물이 흘렀어도 소용이 없었을 것이다. 가슴속에서 치받쳐오르는 그 뜨거운 덩어리는 눈물로 녹을 수 있는 것이 아니었다. 나는 온몸의 힘이 빠져 기진맥진해질 때까지 그렇게 바닥을 구르며 소리를 질러댔다.

시간이 얼마나 흘렀는지 모르겠다. 아무것도 보이지 않던 눈에 점차 주위의 사물이 들어오기 시작했다. 천장·벽·책상·침대…… 그것들의 색과 질감, 양감이 조금씩 뚜렷해졌다. 머리가 얼얼하도록 치받쳤던 피가 다시 온몸으로 퍼져나갔다. 그러나 팔다리에는 힘이 하나도 없었다. 나는 휑한 천장 벽지를 바라보며 누워 있었다. 말라붙었던 입에 침이 돌면서 축축해지는 것이 느껴졌다. 호흡이 차분해지고 있었다. 비통함으로 사람이 죽지 않는다는 것이 그렇게 비통할 수가 없었지만, 그런 가슴 아픔이야말로 살아 있다는 증거였다. 살아 있는 한, 움직여야 한다. 여신의 시체부터 수습해야 한다…… 여기까지 생각이 미치자 더 이상 가만히 누워 있을 수가 없었다. 이를 악물고 내 것이 아닌 것 같은 팔다리를 추슬러 일어났다.

일어나자, 여신의 모습이 눈을 가득 채웠다. 여자들처럼 고개를 돌려버리고 구토하거나 기절하고 싶었다. 그러나 그럴 수 없었다. 나는 눈을 똑바로 뜨고 노려보다시피 여신을 바라보았다. 따뜻하고 부드럽던 여신의 질에서 흘러나온 피가 허벅지와 다리에 엉겨붙고 말라 딱딱하게 굳어 있는 모습, 둥글게 불러 있던 배가 윤기를 잃은 모습, 여린 살 위에 유리 조각들이 셀 수 없이 박혀 있는 모습. 여신은 otherself에게 반항하다가 두들겨맞았음이 분명하다. 시체에는 사람 주먹만한 크기로 여기저기 거멓게 피가 뭉쳐 있었다. 아직도 손아귀 자국이 분명한 팔을 보자 명치 끝에서 울컥 신맛이 올라왔다. 그녀가 눈을 감고 죽었다는 것을 한 조각 위안으로 삼아야 할까.

 침대 시트를 여신의 몸 밑에서 빼내 침대에 다시 깔고, 여신을 안아 그 위에 조심조심 눕혔다. 이미 거의 굳어버린 그녀의 몸은 침대 위에 편안하게 누워주지 않았다. 그러나 이미 한차례 짓밟힌 여신의 몸에 내가 다시 억지로 힘을 가한다는 것은 못 할 일이었다. 그녀를 천사처럼, 영화에 나오는 잠든 귀족 아가씨처럼 누워 있게 하고 싶었지만, 내가 할 수 있었던 일은 단지 그녀를 모로 누워 있게 하고 그 위에 이불을 덮어주는 것뿐이었다. 그렇게 하자, 여신은 내 곁에 누워 내 팔을 베고 자던 때의 모습을 하고 있었다. 그제서야…… 눈이 흐려지기 시작했다. 눈 아랫두덩과 코가 견딜 수 없이 뜨거웠다. 한 방울, 두 방울, 세 방울…… 눈물 방울 수를 세며 참으려고 했으나, 나중에는 그것조차 의미가 없어졌다. 눈물이 샘솟듯 흘렀으니까. 눈물은 뺨을 타고 굴러 턱에서 바닥으로 곧장 떨어졌다. 몇 방울은 가슴까지 흘러들어가 남방을 적시기도 했다. 도저히 더 이상 참을 수가 없었다. 나는 싱크대로 달려가 찬물을 틀고 그 안에 머리를 처박았다.

 숨을 다시 편안히 쉴 수 있게 되기까지는 조금 시간이 걸렸다. 나는 물이 뚝뚝 떨어지는 머리를 수도꼭지 밑에서 빼내고 수도를 잠갔다. 머릿속에 아무 생각이 없기는 마찬가지였지만, 몸은 기계적으로 움직였다. 우선 빗자루와 쓰레받기로 바닥을 대강 훑고, 걸레를 빨아다가 마루에 얼룩진 여신의 핏자국을 닦았다. 여기저기 흩어진 책은 도저히 하나하나 책장에 올릴 염이 안 되어 그냥 무더기지어 쌓았다. 바닥에 굴러떨어진 컴퓨터를 책상 위에 도로 올려놓았다. 의식적으로 침대에 등을 돌리고 일하고 있었지만, 여신의 존재감이 아프게 등골을 찔러왔다. 그럴수록 나는 이를 악물고 청소에 집중했다. 만약 지금 여신이 그저 자고 있는 것이고, 나는 여신의 잠을 깨우지 않기 위해 조심조심 청소를 하고 있는 것이라면…… 고개를 흔들어 그런 생각을 날려버렸다. 아무 생각도 하기 싫었고, 아무 희망도 품기 싫었다. 더구나 그것이 한 줄기 자기 위로를 향한 환상일 따름에야. 머리에서 물방울이 튀어 사방에 흩뿌려졌다.

 그러나 생각이 여신에게 향하는 것을 막을 수는 없었다. 아무것도 제대로 가져보지 못한, 불쌍한 아이. 그녀에게는 부모도 없었고, 보호자도, 제구실을 하는 남편도 없었다. 그리고 자기 아이도…… 온전히 자기 것이라

할 수 있는 제 아이마저 낳지 못한 채 세상을 떠나버렸다. 그 점에서 나는 차라리 행복했다. 나에게는 민선이 있었고, 여신이 있었다. 세상에서 보호하고픈 것들이 있었다. 민선에게는 글이 있었고, 변변치 못하나마 오빠와 남편이 있었고, 자기 스스로 결정한 죽음이 있었다. 여신은 죽고 싶지 않았을 것이다. 여신은 자기가 그런 꼴로 죽어가리라고는 상상도 못 했을 것이다. 오늘 아침만 해도 활짝 핀 미소로 다녀오라는 인사를 하던 여신이었다. 다시 울컥 치솟는 눈물을 참으며 전화기를 책상 위에 올려놓았다. 여신의 식어가는 체온이 아직도 전화기 위에 남아 있는 것 같았다. 물기에 눈이 흐려 앞이 침침했다. 그래서 나는 하마터면 그 종이를 못 보고 지나칠 뻔했다.

하얀 A4 종이 위에 빨간 사인펜으로 이리저리 그어진 선. 몇 개의 글자. 빗금이 그어진 작은 사각형. 그것이 약도라는 것을 이해하는 데 꽤 시간이 걸렸다. 어떤 종류의 정보도 받아들일 수 없는 상태였으니까. 그 약도와 여신과 otherself를 연결짓는 것도 노력이 필요했다. 아니, 결론은 뻔히 눈앞에 나 있었지만, 내 머리가 그 뻔한 결론을 받아들이지 않겠다고 발버둥치고 있었다. otherself가, 그 미친 자식이, 바로 내 집에서 여신을 죽이고 나더러 자기를 찾아와보라고 약도까지 남겼다고?

제정신으로는 받아들일 수 없는 일이다. 웃을 수 있다면 웃어버리자. 누구라도 그런 건 믿지 않을 거다. 제정신으로는……

　나는 그 순간 미쳐버렸다. 머리만 미친 것이 아니라 온몸이 미쳐버린 것 같았다. 귀가 먹먹했고 아무것도 보이지 않았다. 몸은 싸늘하게 식었다가 다음 순간 불타올랐다. 마음은 폭풍우치는 밤처럼 사납게 날뛰고 있었다. 설령 민선이가 다시 살아왔다 할지라도 그때 내 앞에 나타났다면 무사하지 못했을 것이다. 그때 나를 진정시킬 수 있는 것은 여신뿐이었다. 그녀의 미소, 그녀의 놀란 표정, 그녀의 손길. 이 모든 것이 필요했다. 그러나 여신은 죽고 없었다. 그녀만이 내 안에서 타오르는 분노와 상실감의 불길을 가라앉힐 수 있었다. 그러나 그녀는 내 손이 닿을 수 없는 세계로 사라져버렸다. 이 작은 종이쪽지를 남긴 인간이 그녀를 죽여버렸다. 더 이상은 참을 수가 없었다. 나는 여신을 다시 한번 쳐다보지도 않고, 종이쪽지를 손에 쥔 채 온몸을 떨며 집을 뛰어나왔다.

　정말 바보짓이었다. 최소한 다시 한번 여신을 쳐다보았어야 했다. 식어버린 창백한 입술일망정, 다시 한번 입을 맞추었어야 했다. 보호해줄 수 있을 것처럼 큰소리를 쳐놓고 그녀를 그렇게 죽게 내버려둔 것에 용서를 빌고, 그리고 나갔어야 했다. 죽기 전에 그녀가 느꼈을 공포와 무력감을 조금이라도 나누려고 노력해보았어야 했다. 그러나 나는 그 중 아무것도 하지 않았다. 그 순간 내 마음속에는 여신마저 없었다. 결국 나는 타인으로서 그녀를 만나, 복수욕에 불타는 저열한 수컷으로서 그녀를 떠났다. 그러지 말았어야 했다.
 그러지 말았어야 했다.


3


 일부러 시간을 맞추어 간 것은 아니었지만, 내가 그 집 문 앞에 섰을 때엔 이미 짙은 어둠이 깔려 있었다. 그러나 그 어둠도 그 집을 둘러싸고 있는 담의 길이와 높이, 그 담장에 배어 있는 부와 권력의 그림자를 감추지는 못했다. 여기에 들어오지 마. 여기서 물러나. 이곳은 힘과 권위의 전당, 섣불리 들어오는 사람은 무사하지 못할 거야. 높은 담 위에 날카롭게 솟은 창살들이, 혹여 있을지도 모르는 침입자에게 소리 높여 경고를 보내고 있는 듯했다. 나는 그 경고를 무시하고 정문으로 곧장 다가갔다. 그 집 주인이 얼마나 부자든, 얼마나 강한 놈이든 상관없었다. 나의 작고 안온한 세계를 빼앗아간 놈이 놓고 간 약도에는 그런 계산은 적혀 있지 않았다. 약도에서 배어든 사인펜 잉크가 땀과 섞인 채 손 안에 붉게 타오르고 있는 한, 나는 정당하게 그곳에 들어갈 권리가 있는 손님이었다. 그 약도는 나의 모든 것과 교환된 초대장이었다. 그리고 나는 그 초대를 거절하지 않을 작정이었다.

나는 문을 밀었다. 문이 조용히 열렸다.

놀라지는 않았다. 약도를 남겨놓고 갈 정도로 대담한 녀석이 손님을 초대해놓고 문을 잠그거나 경보 장치를 작동시켜놓았으리라고는 생각하지 않았으니까. 그는 여신을 죽여서라도 나를 만나고 싶은 것이다. 그리고 그도 나름대로 나를 맞을 준비를 했을 것이다.

'하지만 소용없어. 너는 내 손에 죽는다.'

대문을 지나 들어오는 모든 사람을 압도하려는 듯 커다란 그림자를 드리우고 있는 집을 마주 바라보면서, 나는 다시 다짐했다. 어떤 방법으로든 그는 내 손에 죽을 것이다. 눈에는 눈, 피에는 피. 원시 시대부터의 신성한 규칙이 내리는 명령이, 법을 비웃는 본능이 몸 안에서 소용돌이치고 있었다. 마른 잔디와 헐벗은 나무들 사이를 가로지르는 겨울 바람의 오싹한 노랫소리는 복수의 여신들이 부르는 만가(輓歌)처럼 들렸다. 황량한 정원을 건너 집 문 손잡이를 돌렸다. 역시 열려 있었다. 그리고, 집 안의 불은 모두 꺼져 있었다. 가로등 불빛이 드문드

문 비치는 바깥의 어둠과는 비교도 할 수 없는 진한 어둠이 훅 끼쳐왔다. 그 어둠 속으로 들어가기 전, 잠바 품을 더듬어 칼을 꺼냈다. 모든 준비를 갖추고 기다리고 있는 사람을 맨손으로 죽이기란 어려운 일이다. 오랜만에 잡아보는 칼 손잡이가 체온으로 따뜻했다.

나는 문을 닫고 어둠에 눈이 익을 때까지 문간에 멍하니 서 있었다. 조금 시간이 걸렸지만 개의치 않았다. 이렇게 불이 꺼진 바에야 어차피 한방 한방 차례로 뒤져볼 수밖에 없는데, 그렇다면 시간이 조금 더 걸리거나 덜 걸리는 것은 그리 큰 문제가 아니었다. otherself는 자신의 홈그라운드인 이 집 어느 방에서인가 나를 기다리고 있을 것이었다. 내가 초조해지기를, 평정을 잃고 분노에 싸여 스스로 허점을 드러내기를, 그리하여 막상 그를 만났을 때 한 마리 짐승처럼 행동하기를 원하고, 그럼으로써 자기의 정당성을 확보하려고 할 것이었다. '변절자'로서의 내 모습을 머릿속에 새겨넣은 후 나를 죽이고 싶을 것이었다. 그렇게 그가 원하는 대로 해줄 수는 없었다. 나는 초대받은 손님답게 절도 있게 행동했다. 침착하게 한방 한방 뒤져나가며 주인을 찾았다. 그러나 1층에는 아무도 없었다.

"손님 접대가 소홀하군. 주인이 나와보지도 않고."

목조 계단을 올라가며 나는 들으라는 듯이 크게 뇌까

렸다. 컴컴하고 빈집에 우렁우렁 울리는 목소리는 남의 목소리처럼 낯설었다. 흥분하지 않았으므로 그 낯섦을 느낄 수 있었다. 끓어오르던 살의는 이제 가슴속에 차갑게 맺혀 단단해져 있었다. 그를 만나는 것이 어떤 방식이 될지는 모르지만, 만나자마자 무조건 붙잡고 뒹굴어 어느 한 사람이 다른 한 사람을 죽이는 식으로 결판나지는 않으리라는 것은 확실했다. 그는 이야기하고 싶은 것이 있었고, 나는 듣고 싶은 것이 있었다. 물론 기회만 있으면 나는 그를 죽일 것이었다. 그러나 그를 제압하고 무력화시키는 것, 그 첫 단계로 내가 그의 생각만큼 상처받고 흥분하지 않았음을 보이는 것이 더 중요했다. 어쩌면 그것이 그와 그의 자부심을 실질적으로 죽이는 첫 단계일지도 몰랐다.

  2층에 올라가자마자 나는 제일 큰 방을 찾았다. 그도 나와 비슷한 생각을 하고 있을 것이라는 느낌이 들었기 때문이었다. 내가 그 앞에서 당당하기를 원하듯이, 그도 넓은 곳에서 제왕처럼 나를 맞이하며 이야기하고 싶을 것이라는 생각이 들었다. 그가 사는 집을 어둠 속에서 더듬으면서, 나는 점점 그의 생각 패턴을 알 것 같았다. 마침내 계단 약간 왼편에 있는, 2층에서 가장 큰 방의 문을 열었을 때, 나는 그가 거기에 있으리라고 백 퍼센트 확신하고 있었다.

그 문을 열자마자 갑자기 천장에서 빛이 쏟아져내려왔다. 나는 반사적으로 왼손을 들어 눈가를 가리며 얼굴을 찡그렸다. 어둠에 익숙해진 눈이 다시 빛을 만나는 것은 고통스러웠다. 다시 분노가 치밀어올라왔다. 이런 유치하고 간단한 방식으로 사람을 초라하게 만들려는 그가 견딜 수 없이 미웠다. 그리고 그것이 제대로 먹혀들고 있다는 것이 더욱 화가 났다. 한 손에 칼을 들고 다른 손으로 눈을 가린 채 비틀거리고 있는 내 모습이, 남이 보는 것처럼 머릿속에 선명하게 그려졌다. 나는 억지로 눈을 떴다. 문 바로 맞은편에 놓인 원목 책상 뒤에 그가 앉아 있었다.

"이제 왔나. 손님 접대를 제대로 못 해서 미안하군."

그가 나를 바라보며 미소를 띠었다. 일그러진 입가가 악의에 찬 기쁨으로 빛나고 있었다. 빛에 시린 눈이었지만, 그제서야 나는 그의 얼굴을 처음으로 볼 수 있었다. 그리고 나를 환영하는 그의 손도.

책상 위에 놓인 그의 손 안에서 검은 총구가 음험하게 웃고 있었다.


"괜찮나?"

그가 내 손발을 의자에 묶은 후 책상에 걸터앉아 물었다. 그의 준비는 나름대로 치밀한 바가 있었다. 매듭 연습이라도 했던 것인지, 그가 묶은 손발은 저리지 않으면서도 꼼짝할 수가 없었다. 나는 싸늘하게 그를 쳐다보았다.

"괜찮지 않으면?"
"그래도 어쩔 수 없는 거지."

그가 별 우스운 질문을 다 듣는다는 듯이 미소지었다. 간신히 빛에 익숙해진 눈으로 나는 그를 찬찬히 뜯어보았다. 반백의 머리, 티 한 점 묻지 않은 정장, 직접적인 폭력과는 친숙하지 않을 것 같은 몸놀림…… 그는 아무리 보아도 내가 알 만한 otherself가 아니었다. 내가 통신으로 알았던 otherself는 20대 초중반에다 직업을 가지지 못했고 폭력에의 열망에 불타는 청년이었다. 눈앞에 권총을 들이대고 의자에 나를 묶은 그는 첫눈에 보기에도, 나 같은 사람의 삶에 개입할 필요가 없을 정도로 부유한 데다가, 직접적인 폭력을 필요로 하지 않을 만큼의 권력을 가지고 있는 사람이었다. 더구나 나 같은 사람 하나를 맞이하기 위해 매듭 묶기를 배울 만큼 시간적 여유가 넘쳐나는 사람처럼 보이지도 않았다. 요컨대 그는 부유하고 정력적인 데다가 돈벌이말고는 아무 여념이 없을, 장년에서 초로로 접어드는 사업가였다. 그런데, 그렇다면, 그는 왜 여신을 죽인 걸까? 내가 알지 못하는 그는, 나말고는 아무에게도 아무 의미도 없을 한 여자를 왜 죽인 걸까?
"왜 여신을 죽였지?"

 나는 담담하게 물었다. 지금같이 아무 힘도 쓸 수 없을 때라면 분노는 아무 소용이 없는 것이다. 어떤 이유에서건 내가 담담하고 진지하다는 것을 그도 알아차렸다. 나는 심지어 묶인 손발을 꼼지락거리지도 않았다. 살의가 가라앉은 것은 아니었다. 그러나 진정한 살의는 모름지기 무모하지 않은 것이다. 그 또한 그것을 알고 있었는지, 꼼짝달싹하지 못하게 의자에 묶여 있는 처지임에도 나에 대한 경계를 늦추지 않았다. 긴장한 채 방아쇠에 놓여 있는 손가락에서, 나를 훑어보는 날카로운 눈길에서, 나는 그것을 느낄 수 있었다. 그가 반문했다.
"그애가 서적 수집인이라는 걸 알고 있었나?"
"듣긴 들었지. 하지만 너무 허황된 직업이라서 다 믿진 않았어."
"테러리스트는 허황되지 않고? 폭력을 예술로 승화시켜 인간과 세계를 개혁하겠다는 망상은?"
"테러리스트는 적어도 자유 직업이지."
"자유라는 망상만큼이나, 한 인격과 그 인격이 소유한 모든 것의 철저한 노예화라는 망상도 선사 시대 이래로 계속 이어져내려올 만큼 끈질기다네. 그렇지 않으면 사람들이 뭣 때문에 권력을 그렇게 추구하겠나? 게다가,

자네는 그애를 만나고 나서도 자네가 믿는 만큼 그렇게 자유로운 거 확실했나?"

"……"

아무 말도 할 수가 없었다. 내가 아는 테비는 비밀의 섬이었다. 그런데 놀랍게도 그는 '테러리스트'라는 직업과 그 직업이 뜻하는 것을 알고 있었다. 여신과 나, 여신과 '테러리스트,' 나와 '테러리스트'의 삼각 관계를. 내가 때로 여신을 부담스러워한 이유, 때로 내가 희생한 것의 무게 때문에 더욱 절절하게 여신을 보듬어안을 수밖에 없었던 이유를. 내가 지키는 침묵을 비웃듯 그가 입을 열었다.

"나는 그애의 주인이었어. 그애는 내 소유물이었고. 그애 이전에도 세 명 정도의 서적 수집인을 가져보았지."

"다 죽였나?"

그가 피식 웃었다.

"자네가 어떻게 생각하는지 모르겠지만, 난 살인마가 아닐세. 난 단지 내버렸고, 지켜보았을 뿐이야. 한 명은 자살했어. 주인이 없고 자신이 할 일도 없고, 세상에 자기의 자리가 마련되어 있지 않다는 것이 끔찍해서였겠지. 두 명은 몸을 팔게 되더군. 좀 반반하게 생긴 애들이었고, 더구나 순진하기까지 했으니까. 지금은 좀 세상 물을 먹어서 똑똑해졌겠지. 여신이 같은 경우는 예외적인 케이스야. 그애가 자네 집으로 들어갔다는 걸 보고받고 자네를 유심히 지켜봤다네. 덕분에 '테러리스트'가 뭔지도 제대로 알게 되었고 말야. 아주 흥미로운 직업이던데."
"여신을 왜 죽였어?"
나는 그를 똑바로 노려보며 물었다. 목소리 끝이 칼칼하게 갈라져나갔다. 그가 다른 서적 수집인들을 죽였는지 살렸는지 몸을 팔게 만들었는지, 그런 건 내 관심사가 아니었다. 나에게는 오로지 여신의 죽음만이 중요했다. 그도 더 이상 에둘러 말할 심산이 아닌 듯, 의자를 하나 가지고 와서 내 앞에 놓고 앉았다. 손가락은 여전히 방아쇠 위에 놓여 있었다. 이제까지와는 다른 진지한 목소리로 그가 물었다.
"자네, 세상에서 가장 중요한 게 뭐지?"
대답은 지체 없이 나왔다.
"여신."
"정말인가?"
"정말이 아니라면 여기까지 왔을까?"
"그렇군……"
그가 잠시 침묵했다. 그 동안 그의 눈길에 약간의 변화가 있었다. 나를 쳐다보는 것도 아니고 먼 곳을 쳐다보는 것도 아닌 멍한 눈초리, 자기 안으로 침잠하는 사람이 흔히 내보이는 그 눈초리로 그가 다시 말을 시작했다.

"나에게도 그애가 중요했네. 정확히 말하자면 그애가 가진 가능성이 중요했지. 자네는 서적 수집인이 무엇인지 잘 모를 거야. 그애들은 인간적인 마음이 없어. 그애들은 아무것도 알지 못하는 완벽한 백지 상태에서, 늘 모든 것을 신기해하면서, 그 모든 것에 대한 찬사만을 던지도록 프로그래밍된 기계 같은 거야. 그애도 마찬가지였지. 그애 이름이 재미있지…… 여신. 그애가 우리집에 있었을 때, 그애는 내가 가져봤던 다른 애들과 마찬가지로 여신(女神) 혹은 기계였던 거야. 비인간적이기는 둘 다 마찬가지니까.

처음에…… 아무도 무시할 수 없을 정도의 돈을 벌어 상류 사회에 진입했을 때, 나는 그 인간들이 가진 교양에 경복했지. 물 흐르듯 자연스럽게 나오는 빛나는 경구들, 세련되고 품위 있는 태도, 이런 건 내가 백번 죽었다 깨어나도 따라잡을 수 없는 것 같았어. 나는 그저 벼락부자일 뿐이구나…… 하는 생각이 사람을 얼마나 비참하게 만드는지 아나? 하지만 곧 그 비밀을 알게 되었고, 나도 할 수 있는 한 서둘러 서적 수집인을 하나 구입했다네. 그들의 전유물이라고 생각했던 게 사실은 별거 아니라는 걸 알게 된 후에, 나는 그들보다 훨씬 비싼 서적 수집인을 사서 그들보다 더 품위 있고 재치스러운 대화를 나누게 되었지. 처음 얼마 동안은 참 재미있었어. 내가 산 서적 수집인은 최상급이었고, 무식한 졸부 취급을 해보려고 내게 다가오는 인간들 코를 납작하게 눌러주는 것에는 돈을 모으는 것과 비슷한 쾌감이 있었으니까. 결국, 나한테 있어서는 모든 건 권력의 문제였어. 난 어렸을 때부터 누가 나를 깔보는 걸 견디지 못했고, 그 성질로 지금 여기까지 온 거니까.

그러다 보니 서적 수집인의 다른 용도도 자연스레 알게 되더군. 아무것도 모르는 아이를 내 마음대로 길들이는 것, 내가 하라는 모든 것을 하도록 만드는 것. 어차피 주민등록번호도 없는 아이들이야. 내가 같이 잔들, 때린들, 죽인들, 살린들, 그게 남들에게 무슨 상관이겠어? 내 말을 따르는 것 외에는 아무 윤리 의식이 없는 순백의 아이들, 그게 서적 수집인이야. 그런데, 문제가 뭐였냐 하면, 순백이란 사람을 질리게 만든다는 거야. 상류 사회의 벽을 넘기 위해서 사들인 서적 수집인이 오히려 내 벽이 되어버렸어. 그애들은 인간의 형상을 하고 있었지만 사실은 가장 비인간적일 때 자기 기능을 가장 잘 발휘할 수 있는 기계들이었던 거야. 나는 그게 싫었다네. 지금까지 살아오면서, 나는 내 앞을 가로막는 인간들을 기계처럼 이용한다고 생각했지. 그렇지만 아니었어. 나는 인간들을 인간으로서 이용했던 거야. 그들의 당혹감과 절망감·패배감·굴욕감 같은 것이 없었다면 인간들을 이용해서 내 일을 성취하는 게 그렇게 재미있었을 리가 없어. 그런데 난 이제 내 집 안에서 완전히 새로운 종류의 인간을 맞대게 되었네. 기계처럼 사용해야 하는 인간을.

처음에는 조금 마음에 거슬린다 싶었던 것이, 가면 갈수록 강박관념 같은 것이 되어가는 그 느낌…… 그렇게 되자 서적 수집인의 기능을 이용하는 데는 별흥미가 없어졌어. 내가 넘지 못하는 벽이 앞에 도사리고 있는데, 충분히 내가 넘을 수 있는 벽 같은 건 신경이 안 쓰였으니까. 파티나 공식석상에서 말실수 조금 하는 게 뭐 중요한가, 안 그래? 더 중요한 문제가 앞에 도사리고 있는데. 나는 스스로에게 부과한 과제에 실패해본 적이 없었다네. 서적 수집인으로서의 기능이 조금 떨어질지라도 그 아이들을 다시 인간으로 만들어내는 것. 창조보다 더욱 어려운 것이 재창조라는 걸 아나? 그애들은 서적 수집인으로 '창조'되었고, 그래서 인간으로 '재창조'하기가 어려웠어. 솔직히 말하자면 모두 실패했지. 여러 가지 방법을 써보았어. 무조건 잘해주기도 해보았고, 나 외에는 아무와도 이야기를 나누지 못하게 해놓고 몇 개월씩 버려두어 외로움 속에 던져넣어보기도 했고, 혈육에게는 어쩔 수 없는 정이 있으리라 생각하고 애를 낳게 만들어보기도 했고, 폭행도 해보았지. 다 소용없었어. 안 되더군.

내가 풀어야 하는 문제에서 가장 미묘한 점은, 대상이 자기 자신의 의지로 서적 수집인이기를 포기해야 한다는 것이었어. 그렇지 않으면 아무 의미가 없으니까. '나는 너를 서적 수집인으로 쓰지 않겠다'고 내가 말했을 때 얌전히 '네'라고 대답한다면 그애는 여전히 서적 수집인인 거야. 기계의 다른 버튼을 누른 것밖에 안 되는 거지. 네 명의 서적 수집인한테 다 써보았던 방법이 그 애들을 세상으로 내모는 거였는데, 그때마다 나는 솔직히, 못 나가겠다고 앙탈을 부리거나 애원을 하거나 이판사판으로 소동이라도 부리기를 기대했어. 하지만 아무도 그러지 않았어. 모두 멍한 표정으로 지친 듯이 나가더군. 명령에 복종하는 바로 그 표정으로 말이야. 여신이 그애도 마찬가지였어."

"그런데 왜 여신을 죽였지?"

나는 참을성 있게 되물었다. 참을성 있게……라기보다는 차라리 참지 못해서였다. 그의 말들은 내 몸으로 느릿느릿 흡수되어서, 고통스럽게 혈관을 타고 흘렀다. 나는 그가 왜 여신을 죽였는지만 알고 싶었고, 나의 작은 행복이 깨진 이유를 납득할 수 없다는 것을 확신하고 그를 죽이고 싶었지, 그를 이해하고 싶지 않았다. 그런데 그는 나를 이해시키려 하고 있었다. 그는 내게 서적 수집인을 설명하고, 그 자신을 설명하고, 그 자신을 받아들일 것을 요구하고 있었다. 내가 원한 건 그런 게 아니었다. 나는 그를 증오하고 싶었다. 그런데 그는 투명하게 자신을 드러내보이고 있었다. 정말 미칠 노릇이었다.

"내쫓을 때까지는 모두 같았지. 그런데 내쫓은 다음에 달라진 건 그애 하나였어. 미안한 말이지만, 나는 자네와 여신의 일거수일투족을 다 들여다보고 있었다네. 돈의 힘 앞에서는 프라이버시니 뭐니 하는 건 헛소리지. 그애는 자네와 살면서 서적 수집인이기를 자연스럽게 포기했어. 그래서 자네라는 인간에게 호기심을 가지게 되었어. 자네도 젊은 나이에 꽤 재미있는 인생을 살았더구만. 자네 덕분에 범죄와 예술이라는 양다리를 걸치고 있는 '테러리스트'라는 직업도 알게 됐고. 내 힘으로 할 수 없었던 건 유감이지만, 서적 수집인도 인간으로 돌아올 수 있다는 걸 확인하고 나니 서적 수집인에 대한 흥미는 사라져버리더구만. 그리고 나서 흥미가 가는 건 자네 쪽이었어. 여신이가 서적 수집인이기를 그만둔 것처럼, 자네도 테러리스트이기를 그만두었더군. 그렇다면 또 재미있는 문제가 남는데, 만약 어떤 사람을 변화시킨

유인(誘引)을 제거해버리면 그 다음에 그 사람의 인생 행로는 어떻게 될까?"

"당신은 신이 아냐! 당신이 뭔데 그런 짓을……"

그는 차가운 눈길로 나를 바라보았다.

"뻔한 반응으로 나를 실망시키지 말아주게. 맞아. 난 신이 아니지. 신이라면 이럴 필요가 없을 테니까. 나는 나름대로의 방법으로 인간이 갈 수 있는 극한을 가보려는 평범한 인간일 뿐이야. 냉혈한이라고 욕먹는 것 정도는 아무렇지도 않아. 하지만 난 알아야겠어. 인간이 어떻게 변화할 수 있는지, 인간을 변화시키는 힘은 무엇인지, 나는 그로 인해 어떻게 변화할 수 있는지.

내가 자네를 어떻게 할 건지 아나? 휴가를 주어 보낸 운전기사가 돌아오면 아침에 자네를 끌어내겠네. 자네는 개처럼 쫓겨날 거야. 그럼 집에 가서 나를 죽일 방법을 다시 생각해보겠나? 집에 가면 그애의 시체는 이미 없을 거야. 돈 덕분에 꽤 넓은 폭의 자유를 누리고는 있지만, 살인 사건에 휘말려드는 것 따위는 별로 내키지 않으니까. 지금쯤은 그곳에서 누가 죽었다는 흔적은 깨끗이 없어져 있을 걸세. 그럼 이제 자네는 어떻게 살아갈까? 자네의 의미 있는 과거는 없어져버렸고 미래는 불확실하지. 확실한 건, 앞으로 자네가 어떻게 살아가든 내가 살아 있는 한 나는 자네의 생활을 샅샅이 알고 있으리라는 점이지. 나는 당구공을 쳐놓은 게임 플레이어야. 당구에서는 공이 어디로 가는지 끝까지 눈을 떼지 않는 게 중요하다더군. 나는 충분히 그럴 용의가 있어. 정말로 궁금해, 자네가 어떻게 변할지."

"이······."

나는 의자에 묶인 채 온몸을 부들부들 떨었다. 뭔가 그에게 욕설을 하고 악다구니를 퍼붓고 싶었지만, 말들이 머리에 하나도 떠오르지 않았다. 결국 그가 여신을 죽인 것은 나 때문이었다는 말이었다. 그는 내가 어떻게 행동하는지 보려고 내게서 가장 소중한 존재를 빼앗아갔다. 여신을 지키려고 그렇게 애썼던 내가 바로 여신이 죽은 원인이었다. 여신이 otherself에게 당했다고 생각하던 때와는 또 달랐다. otherself와 나는 테러라는 접점을 가지고 있었다. 그는 변절한 나를 응징한다고 생각하며 내가 변절한 원흉인 여신을 죽였을 것이고, 나는 테러보다 여신이 소중함을 확신하며, 여신의 죽음에 대한 대가로 그를 죽였을 것이다.

그러나 이건 달랐다. 눈앞에 서 있는 그에게는 여신의 죽음이 아무 의미도 없었다. 단지 돈과 권력을 가진 한 인간의 심리학적 호기심을 만족시키기 위해 여신이 죽은 것이다. 그 다음에 내가 어떻게 행동할지, 그것만이 그의 관심사였던 것이다. 그 시덥잖은 목적을 위해 여신이 죽었다. 여신이 존재함으로써 의미가 있었던 나라는 인간의 의미를 묻기 위해 여신이 죽었다. 나는 무엇을, 무엇으로 빚갚아야 하는가.

그건 마치, 재미도 없는 오래된 농담을 듣는 듯한 기분이었다. 인간: 나는 자유 의지로 행동할 테야. 신: 그래, 네가 그러도록 프로그래밍해 놓았어.

4

눈을 닫고 입을 다문 채 얼마나 시간이 지났는지 모른다. 그도, 나도 말이 없었다. 그는 나를 관찰하고 있을까? 그러나 그것을 알기 위해 눈을 뜨기는 싫었다. 그에게 어떤 변화도 보이고 싶지 않았다. 그의 즐거움을 제공하기 싫었다. 내가 인간으로서 할 수 있는 모든 반응은 곧 그의 관찰의 대상이 될 것이다. 내가 무슨 반응을 보이든 그는 즐거워할 것이다. 나는 차라리 돌이 되고 싶었다. 내 속으로, 속으로 웅크려들어 아무에게도 관심받을 일 없고 아무에게도 관심 돌릴 일 없는, 그런 무생물이 되고 싶었다. 실제로 거의 성공하고 있었다. 한 순간인지 몇 시간인지는 모르겠지만, 나는 의자에 묶인 채 무생물이 되어 있었다. 그곳에 찾아갈 때만 해도 너무

명료해서 고통스러웠던 의식이 그때는 완전히 꺼져 있었다. 그때 나는 아무것도 듣고 보지 않았고, 아무것도 생각하지 않았다. 그 순간만큼은 여신조차 떠올리지 않았다. 나는 인간의 모습을 한 돌이었고, 의자에 묶인 시체였다. 죽은 자가 죽은 자를 생각한다는 것이 무슨 의미가 있겠는가.

그러나, 뇌성벽력처럼 갑자기 울린 그 소리, 운명의 선고처럼 다가온 그 소리 앞에서는 그럴 수가 없었다. 무생물로의 의태가 깨졌다. 나는 눈을 번쩍 뜨고야 말았다.

작지만 힘있는 노크 소리.

제일 처음 눈을 떴을 때 보인 것은 나보다 더 놀라고 당황한 그의 뒷모습이었다. 그는 허둥지둥 바지 뒤춤에 권총을 감추었고, 재빨리 나를 커튼 뒤로 옮겼다. 꼼짝 못 하고 커튼 뒤로 옮겨지면서, 나는, 그가 나보다 더 당황하는 모습을 보았노라는 작은 만족감을 삼켰다. 최소한 그것은 내가 처음 본 모습이었다. 그 다음부터는 커튼에 가려 아무것도 볼 수가 없었다. 들을 수만 있었다.

"누구냐? 너냐?"

그의 목소리가 조심스럽게 울렸다. 대답하는 목소리는 젊고, 밝고, 약간의 짓궂은 장난기까지 담고 있었다.

그 목소리가 어찌나 그때의 상황에 어울리지 않는지, 나는 그 와중에도 약간의 미소를 지었다고 생각된다.

"네, 저예요. 지금 들어왔는데, 잠깐만 이것 좀 봐주세요."

"뭐 말이냐?"

"길에서 발견한 건데 이게 좀…… 하여간 봐주세요. 잠깐이면 돼요. 이리 나와서 보세요."

천천히 문이 열리는 소리가 들렸다. 잠시 사이를 두고 무엇인가가 쿵 하고 넘어졌다. 그리고 다시 침묵. 무슨 일이 일어나고 있는 것일까. 그의 목소리는 더 이상 들리지 않았다. 그리고 커튼이 젖혀졌.

앞에 서 있는 것은 하얀 얼굴에 날카로운 눈매를 하고 있는 내 나이 또래의 젊은이였다. 그러나 그 눈매에는 내가 목소리에서 느꼈던 장난기가 그대로 떠돌고 있었다. 확실히 귀만으로 사람을 판단하는 것은 위험하다. 눈앞에 서 있는 그를 보자, 목소리에 울렸던 그 밝은 장난기가 액면 그대로 받아들일 수 없는 것이라는 사실이 느껴졌다. 그것은 자신의 희생자에게 초연한 힘이 가지는 잔인하고 불길한 장난기였다. 그 점에서 그는 여신의 주인과 똑같았다.

그는 내가 묶여 있는 것을 내려다보며 쾌활하게 말했다.

"이런, 이런…… 보이스카우트 교본을 가져다 놓고 연구라도 하셨나 보군. 풀어드릴까요? 무턱대고 제게 덤벼들지만 않으신다면 풀어드릴 수도 있는데……"
"내가 무턱대고 덤벼들 이유가 없잖소."
 그건 정말이었다. 나는 이 낯선 젊은이에게 적의를 느낄 이유가 하나도 없었다. 그 다음 말을 듣기까지는.
"하지만 제가 otherself인걸요, TERROR4EGO님. 저기 계신 분은 제 아버지이고."

"처음에 아버지 책상에서 당신에 대한 서류를 발견했을 때 좀 놀랐지요."
 그는 내 손발에 묶인 끈을 풀어주면서 계속 쾌활하게, 재미있는 장난을 하러 가자고 제안하는 악동처럼 말했다. 그의 그런 말투는 내가 그 집에 있는 동안 내내 바뀌지 않았다. 나는 자유로워진 손목과 발목을 움직여보았다. 약간 뻐근한 정도였다. 확실히 그는 손재주가 있었다. 이미 죽어버린 그는. 그리고 그의 아들은 가히 연극적으로 수다스러웠다.
"테비는 우연히 발견했어요. 그리고 테러리스트는 내 꿈이 되었죠. 아참, 아버지가 말씀을 하셨던가요? 저는 사생아죠(여기서 그는 주위를 살피는 듯한 몸짓을 하며 목소리를 낮추었다). 사실은, 아버지가 남의 사유 재산을 침해해서 태어난 애예요. 아버지가 남의 재산을 건드린 거야 하나둘이 아니겠지만, 저를 만들었을 땐, 도대체 어떻게 했는지 모르겠지만, 다른 사람의 서적 수집인을 건드렸어요. 그 후로 사업에 바빠서 잊었던 모양인데, 그 서적 수집인이 나를 데리고 와서 던져주고 자살해버렸대요. (다시 목소리를 높여서) 정말 무슨 마음에서였는지 모르겠어요, 날 입양한 건. 입양했다고 해도 내가 클 때는 거들떠도 안 봤어요. 그런데 열네댓 살쯤 되자 갑자기 내가 자기 분신처럼 생각되었던 모양이에요. 내가 아버지를 닮았나, 안 닮았나? 잘 모르겠네? 하여간 아버지도 그때쯤엔 나이가 꽤 되시고 하니 교양을 갖추고 싶은 욕구도 생기신 모양이고. 어쩌면 그때서야 웬만한 돈이 생겼는지도 모르죠. 아실지 모르겠지만, 아니 모르시겠지만, 서적 수집인 한 명 구입하는 건 웬만한 중소 기업 하나 사들이는 것만큼 돈이 들어요."

나는 의자에서 일어났다. 한껏 긴장했던 온몸의 근육들이 아우성쳤다. 할 수만 있다면 이 더러운 집을 벗어나 빨리 돌아가고 싶었다. 그러나 어디로? 일단 어떤 곳에 마음을 두고 있어야 도로 그곳으로 돌아가는 것이 가능하다. 여신이 죽어 있는 그 차가운 방은 더 이상 내 마음을 끌지 못했다.

나는 나를 풀어준 구출자이자 원수의 아들인 자를 바

라보았다. 그는 꽤 잘생긴 청년이었다. 게다가 어느 정도 매력적이기도 했다. 계속해서 이런저런 바보 같은 농담을 해대긴 했지만, 그의 눈을 바라본 사람은 아무도 그를 바보라고 생각하지 못할 것이었다. 그가 마음잡고 한마디 내뱉는다면 그에게 발언권을 양보하지 않는 사람은 없을 것이다. 피를 뒤집어쓰긴 했지만 그가 입고 있는 옷은 고급스러웠고, 얼굴은 맑고 해사했다. 그 차가운 눈초리 때문에 '성깔 있겠다'고 느낄 수는 있겠으나, 누가 보든 그가 자발적으로 자신 있게 육체적 폭력을 쓰리라고는 생각지 못할 것이다. 더구나 저렇게 늘 웃는 상이라면 타고난 인상의 날카로움도 어느 정도 감춰진다. 그는 내가 자기를 바라보고 있는 것을 알고 빙그레 미소지었다.

"약해 보이죠? 하지만 이래봬도 웬만한 운동은 다 하죠. 살이 하얀 편이라 근육이 별로 근육 같아 보이진 않지만, 아버지는 어렸을 때부터 내가 뭘 배우겠다고 하는데 돈을 아낀 적은 없어요. 졸부란 게 원래 자식이 뭐 배운다는 데는 약하잖아요. 더구나, 믿으시건 말건, 전 그때 상당히 내성적이었거든요. 배리배리하게 생긴 자기 2세가 수줍게 와서 '아버지, 저 태권도 좀 배우고 싶어요……' 하고 고개를 수그리면, 졸부 아니라도 웬만한 부모라면 주머니끈 안 풀고는 못 배깁니다. 이게 다 자식들이 부모를 뜯어먹는 수단 아니겠습니까?"
"그런데 왜 하필이면 테러리스트로……"

나는 말끝을 잇지 못하고 그를 다시 한번 머리끝부터 발끝까지 살펴보았다. 그리고 목에서 피를 흘리며 쓰러져 있는 시체에 눈길을 주었다. 이 청년의 마음속은 도저히 알 길이 없었다. 왜 테러리스트를 꿈꾸었는지, 왜 나를 풀어주었는지, 그리고 왜 자기 아버지를 죽였는지. 그는 지금 내게 완벽한 수수께끼였다. 그가 나를 마주 빤히 바라보았다. 그의 눈길에는 여전히 그 웃음기가 어려 있었다. 그러나 그것은 자신이 상황의 주도권을 잡고 있음을 확신하는, 사람을 오싹하게 만드는 웃음이었다.

"글쎄, 좀 길긴 한데, 겨울 밤도 기니까 아무래도 동이 틀 때까진 시간이 걸리겠죠? 참고 들어주실래요? 저도 제가 말이 많다는 건 알고 있어요. 하지만 그냥 가시면 궁금하시잖겠어요? 그렇죠? 딱 한 시간만 하죠. 네? 딱 한 시간만."

대답 대신 나는 지금까지 내가 묶여 있던 의자에 걸터앉았다. 그는 그럴 줄 알았다는 듯 고개를 끄덕였다. 그리고 이야기를 시작했다.

아버지가 자기 강박관념에 대해서는 얘기하시던가요? 어떻게 멋있게 포장해서 말씀하셨는지 모르겠네.

하여간, 아버지 강박관념이란 게 내가 보기엔 뭐 별거 아니었어요. 너무나 졸부다운 두 가지예요. 하나는 자기 밑에 있는 사람은 자기가 죽으라면 죽어야 한다는 것이고, 또 하나는 지식과 품위에 대한 욕심이었죠. 아버지가 평생 잘하신 짓이 있다면 그건 결혼을 안 한 거예요. 웬만한 여자, 아버지 견디기 어려워요. 아버지랑 같이 산다는 건 지옥이에요. 아버지가 결혼 안 하신 덕분에 한 여자 구제받은 거죠.

으아, 어렸을 땐 정말 지옥이었어요. 그런 느낌 알아요? 이해할 수도 없고 내 힘으로 어떻게 좋은 쪽으로 움직여볼 수도 없는 척도가 늘 나를 노려보고 있다는, 그런 느낌. 농담 아니고, 나, 진짜로 언제 죽을지 모른다고 생각하면서 컸어요. 아버지는 언제든지 날 때려죽일 수 있는 사람처럼 보였거든요. 한번은 이런 일이 있었어요.

그때가 아마 열대여섯 살쯤 되었을 때인가 봐요. 아버지가 처음으로 서적 수집인을 구입하셨을 때니까. 이상하죠? 나는 서적 수집인에 대해서만은 '산다'는 평범한 말 대신 '구입한다'는 말을 쓰고 싶어져요. 그 첫번째 서적 수집인 누나 때문에 그랬는지…… 그 누나는 아버지뿐만 아니라 나한테도 인용구를 달달 외우게 시켰으니깐. 아, 이건 본론이 아니니까 그만두고.

하여간 그래요. 그 누나는 아버지와 나를 동시에 가르

쳤죠. 물론 아버지보다야 내가 더 잘 외웠죠. 당연하잖아요? 한참 머리가 빠릿빠릿하게 잘 돌아갈 땐데. 거기에 대해서만은 아버지도 흐뭇해했어요. 내가 아버지의 취약 부분인 공부에 있어서 아버지를 앞지를 싹수가 보이고, 남을 누르기 좋아하는 싹수가 보인다는 게 아버지가 나를 자기 분신으로 착각한 이유일지도 몰라요. 아버지보다 잘하는 게 하나라도 있다는 게 사실 나도 무척이나 좋았거든요. 좋은 걸 숨기지도 못했고. 항상 수그러들어 있는 어린애 얼굴에 어쩌다 피어나는 웃음을 어떻게 숨기겠어요, 안 그래요?

 문제는 그게 아니었어요. 어쩌다 본 게 문제였지. 아, 그러니까, 이것부터 얘기하자면, 그 누나는 그때 당시 내 기준으로는 척척박사였어요. 학교에서 배우는 것도 물어보면 대부분 다 대답해주었죠. 지금 생각하니 '범용'이었나봐요. 서적 수집인에 '범용'과 '특화'가 있다는 거 정도는 아시려나? 하여간 그건 중요한 게 아니고. 그래서 학교 숙제를 하다가 모르는 게 있어서 누나한테 갔어요. 누나 방문을 여는데, 아버지가 누나를 '잡숫고' 있는 걸 정면으로 딱 맞닥뜨린 거죠. 얼른 방문을 닫고 내 방에 갔어요. 어쩌겠어요? 자위도 시작한 나이겠다, 학교에 떠도는 얘기로만도 알 건 다 알겠다, 이거 참…… 그래도 난 부자간의 대화 같은 걸 기대했었나봐요. 아버지가 계면쩍은 표정을 지으면서 뭔가 설명해주는, 그런 장면 말이죠. 그걸 보게 된 건 내 잘못이 아니잖아요. 자기네들이 문을 잘 걸어잠그고 하든가 할 것이지.

그런데, 이놈의 부친께서 날 찾아 내 방에 오시자마자 마구 두드려패기 시작하더란 말씀. 무조건 울면서 잘못했다고 빌었지만, 그것도 아무 소용 없었지요. 그러니까 한마디로, 자기 분을 풀기 위해서 때리기 시작해서 자기 분 풀리니까 문 닫고 나가시데요? 그때 이를 갈면서 다짐했죠. 언젠가 저 새끼 죽여버리고 말 거야, 하고.

그거 하나뿐이 아니라 늘 그랬어요. 늘 당신은 하느님이고 나는 언제나 전전긍긍하며 살아야 하는 존재였죠. 나는 자문했어요. 도대체 내가 뭐가 모자랄까? 머리도 아버지보다 좋다, 운동을 해서 힘도 싸움 기술도 아버지에 뒤지지 않는다. 실제로 웬만한 우리 학교 깡패들도 난 못 건드렸으니까요. 그러면 결국 두 가지가 남는다. 돈과 성격인데, 내가 무슨 수를 써서 아버지를 능가하는 부자가 되겠느냐. 돈이야 어쩔 수 없는 것이고, 그렇다면 남은 건 성격이구나. 아버지의 성격의 힘은 어디서 비롯되느냐. 다른 사람에게 공포를 주는 힘이다. 좋다, 나도 다른 사람을 휘어잡을 수 있는 사람이 되겠다. 그날부터 난 성격 개조에 들어갔지요.

얼마 지나지 않아서, 그냥 뽀다구잡는 것보다는 해실해실거리면서 내가 못 할 짓이 없다는 걸 보여주는 게 다른 사람 겁나게 하는 데는 더 낫다는 걸 깨달았어요. 그래서 그렇게 했죠. 그랬더니 내 밑으로 애들이 모이더군요. 솔직히 별로 기분 나쁘지 않았어요. 아마 테비를 몰랐더라면 아버지보다 나아지겠다는 내 원대한 꿈은 어디론가 가고, 그냥 그런 동네 깡패가 되었을 거예요. 그런데 고등학교 때, 테비 전화번호를 얻게 되었어요. 그때가 아마 1세대 테비쯤 되겠죠? 몇 차례 건너건너 떠온 통신 프로그램 전화번호부에 테비 전화번호가 있었어요. 그리고 테비에는 아주 충격적인 글이 있었죠.

그는 극적인 몸짓으로 팔을 쭉 내뻗으며 나를 바라보았다.
"난, 당신이 쓴 글을 본 거예요."
"내가 쓴 글?"
"당신이 아버지를 죽였다는 글 말이죠."
나는 멍청히 입을 벌린 채 그를 보았다. 그는 여전히 생글생글 웃고 있었지만, 이제 그 웃음은 하나도 부드럽게 보이지 않았다. 잠시 머릿속에서 모든 생각이 얼어붙었다. 세상이란 이렇게 미친놈들이 많은 곳이었던가? 나는 테비 사람들이 조금씩 정상이 아닌 척도로 세상을 살고 있다고 생각했다. 하지만 정상 같은 건 아무 곳에도 없었는지도 모르겠다. 그는 칭찬받고 싶어하는 어린애처럼, 바로 그의 아버지가 섰던 자리에 서서 어떠냐는 듯이 나를 바라보고 있었다. 가만있어서는 안 될 것 같았다. 무슨 말이든 해야 할 것 같았다. 그의 아버지가 했던 모든 말들의 충격을 그나마 최소화시킬 수 있었던 침묵이라는 방패가, 이자가 하는 말에는 전혀 통하지 않았다. 그대로 가만있다가는 이자의 수다가 나를 질식시킬 것이었다. 나는 간신히 마른침을 삼키며 잘 나오지 않는 목소리로 물었다.
"그래서, 내 글을 보고 아버지를 죽여야겠다는 생각을 다시 하게 됐다?"
"아, 아니죠. 그럴 리가요. 제가 그렇게 심지가 약한 놈으로 보이세요? 그 생각이야 어떻게든 늘 하고 있었다구요.

하지만 실제로 그걸 실현시킨 사람이 있었다는 건 정말 멋있는 일이었어요. 난 그때서야, 왜 장애인 한 명이 성공하면 장애인들이 미칠 듯이 좋아하는지, 외국 교포 한 명이 크게 성공하면 대한민국이 떠들썩해지는지 알 것 같았어요. 그게 현실에서 일어날 수 있는 일이라는 게 희망을 돋우는 거죠. 게시판에서 몇몇 사람들이 의심을 해대는 것도 봤죠. 그 녀석들을 쥐어패고 싶었어요.

개새끼들, 자기네가 할 용기가 없으니까 남이 한 것도 의심해? 그때, 그리고 얼마 전까지, 당신은 나의 영웅이었어요. 오죽하면 제가 아이디를 otherself라고 지었겠습니까. 난 당신의 거울 이미지가 되고 싶었다구요. 내가 당신과 유달리 친해지고 싶어하는 것 같다는 느낌, 못 받았어요?

그렇다고 당신이 테비 전체였다는 건 아니에요. 테비는 정말 멋있는 곳이에요. 난 잠시 내가 아버지를 증오한다는 것도 잊어먹었다구요. 예술로서의 테러, 사회에 빚진 것 없는 자로서의 테러리스트! 난 정말 기꺼이, 사심 없이, 그 십자군에 합류했어요. 그리고 내가 바라보는 그 십자군의 선두에는 늘 당신이 서 있는 것 같았고. 물론 내가 어린 시절의 유치한 영웅화에서 깨어나지 못했다는 건 아니에요. 하지만, 절대 지워지지 않는 어린 시절의 감정적 낙인 같은 게 있잖습니까. 이성이 깨어나도 지워지지 않는."

"난 내 아버지를 증오해서 죽인 건 아니었어."

나는 차분하게 말했다. 그는 그 말을 듣자, 어이없다는 표정을 과장해 지으며 나를 삐딱하게 쳐다보았다.

"그럼 사랑해서 죽였답디까? 여자애 같으면, 아버지를 어머니가 독차지하는 게 싫으니 차라리 내 아버지를 죽이고 말리라, 뭐 이런 미친년도 있을 수는 있겠지만…… 푸하하, 말해놓고 나니 나까지 우습네요. 그 무슨 바보 같은 소리? 하여간 말은 가로막지 말아줘요. 당신도 빨리 이 집에서 나가야 할 테니까. "

그의 말이 옳았다. 이 집에 있는 것이 다른 누군가에게 발견된다면 나는 꼼짝없이 살인범이 될 것이다. 나는 알았으니 계속하라는 표시로 고개를 끄덕였다.

"간단하게 말하지요. 이번에 들어왔던 여자애, 걔가 나간 후로 아버지가 걔를 감시하고 있다는 건 알고 있었지만, 난 별로 신경쓰지 않았어요. 그거야 아버지 도락이니까. 하지만 난 아버지가 집에 없을 때 가끔 이 방에 들어와 아버지 서류들을 뒤져요. 아버지는 어떻게 죽든 죽을 거고, 그렇게 되면 내가 재산 대부분을 물려받을 것이고, 그때를 대비해서 아버지가 뭘 어떻게 운영하고 있는지는 알아야 하잖겠어요? 쳇, 내가 왜 그런 마음을 먹었는진 모르지만, 그 여자애 관련 파일을 들춰봤죠. 그런데 거기 당신 이름이 있는 거예요. 처음엔 당신 이름인 줄도 몰랐는데, 과연 아버지…… 아니, 돈의 힘이라 할까? 당신의 아이디와 집 주소, 전화번호, 당신의 최근 동향, 모든 것이 잘 나와 있더라구요. 사진까지 붙어 있던데?

그 여자애가 그렇게 매력적이었나요? 당신이 테비에서 쌓아온 신뢰를 포기하고 그놈의 '가정적 행복'을 위해 몸바치게 만들 만큼? 예술로서의 테러를 포기하게 만들 만큼? 난 무척 실망했어요. 그러니까 그런 메일을 보낸 거고. 솔직히 말해서 당신을 정말 죽이려고도 했었어요. 하지만 난 당신 근처에 어슬렁거릴 필요가 없었죠. 아버지가 다 알아서 파일 안에 정리해주고 있었으니까. 아버지는 게다가 계획까지 철저하셔서, 그 파일을 보니 아버지가 뭘, 언제, 어떻게, 어디서 하시려는지가 다 보이더란 말입니다. 그러고 보니, 아하, 이것이 기회로다! 이 기회를 놓치면 언제 아버지를 죽이겠느냐, 뭐 이런 생각이 머릿속에 떠올랐다는 거지요. 역시 당신은 나의 영웅 아니던가. 영웅은 죽어가는 순간까지 주위 사람에게 은혜를 베풀고 죽는 법이 아닙니까 원래. 게다가 당신은 지금 도착했다고 친절하게 소리까지 쳐주던걸요.

대충 이런저런 얘기 끝났겠다 싶고, 아버지 긴장이 풀렸을 정도로 시간이 지난 후에 내려왔죠. 원래 난 집에서 안 지내는 때가 많아요. 고등학교 때부터 똑똑한 아들 역할에서 슬그머니 미끄러지기 시작했고, 이제는 망나니 아들 노릇을 하고 있으니까. 아버지가 낙점해주신 후계자가 되는 것도 나쁘진 않지만, 그러면 하나하나씩 물려받아야 하니까 아버지를 죽이기가 힘들어지죠. 이런저런 아첨꾼들이나 견제 세력들은 정말 질색이기도 하고. 이를테면 난, 똑똑한 동생이 있으면 언제든 자리를 물려줄 양녕대군 역할을 연기하고 있는 겁니다. 아버지는 오늘도 내가 집에 없으리라 생각했을 겁니다. 그러니 내가 노크를 했을 때 그렇게 깜짝 놀랐지.

나도 놀랐어요. 사람 죽이는 게 그렇게 쉬운 줄은 몰랐으니. 경동맥의 위치는 잘 알아놓고 있었지만, 면도날로 그저 쓱 스쳐지나가는 정도로 그 풍신이 쓰러지다니…… 역시 사람 몸은 오묘해요. 그렇지 않아요?"

그는 말을 멈추고 쓰러져 있는 시체를 손가락질했다. 나는 그가 가리키는 것을 바라보았다. 그의 말이 옳았다. 한때 이 방안에 가득 차는 위압감을 발산하던 몸이 이제는 생명 잃은 물체가 되어 있었다. 아무것도 느낄 수가 없었다. 여신의 복수가 이루어졌다는 생각도, 자기 아들에게 살해당한 자에 대한 연민의 정도, 어떤 것도 떠오르지 않았다. 나는 방안에 놓인 책상이나 책장을 보듯 그의 시체를 바라보았다. 그리고 내가 나도 모르는 새 만들어낸 괴물, 스스로 나의 another self라 주장하는 자에게 시선을 옮겼다. 잠시 침묵이 흘렀다. 이번엔 그 침묵을 먼저 깬 것이 나였다.

"그래 이제 어떻게 하려고?"

그가 한껏 매력적인 미소를 지어보였다. 그 미소를 보자 등골에 전율이 흘렀다. 웃음의 여운을 입가에 남긴 채 그는 생각에 잠긴 척, 천천히 말을 고르는 척했다.

그는 그런 연기를 즐기고 있었다. 그건 누구라도 알 수 있었다.

"글쎄요…… 이런 생각은 안 해보셨어요? 아버지가 당신에게 한 짓은 나쁜 짓이지만, 그렇다고 내가 나를 실망시킨 어린 시절의 영웅에게 굳이 관대할 필요는 없지 않느냐는 생각……

자, 시체가 하나 있습니다. 누가 봐도 살해당한 시체지요. 그런데 살인범이 없어요. 설마 처음부터 하나뿐인 아들을 살인범으로 의심하겠어요? 그런데, 용의자가 없으면 그라도 의심받아야겠지요. 그런데 아들은 의심받고 싶지 않아요. 마침 아버지를 죽이러 찾아왔던 남자가 하나 있네요? 아들은 그에게 손을 빌려주었어요. 어차피 그가 했을 일 아니겠어요?"

"용의자가 필요하다는 말이군."

"당신이 여기 있으면 내가 곤란해져요. 당신이 형사들한테 이 얘기 저 얘기 주절거리면, 형사들이 당신 말을 믿지는 않아도 일단 수사에 착수는 할 테니까. 당신까지 죽이고 당신을 용의자로 만드는 방법도 있긴 하겠지만, 당신 시체를 행방불명으로 만들기 위해 백방으로 뛰어다닐 필요가 있을까요? 위험성도 더 커지는데?

자, 난 지금부터 샤워를 할 겁니다. 그 사이에 당신은 아버지를 죽였겠지요. 난 샤워 소리 때문에 시끄러워서 못 들었어요. 피해자에게 소리지를 여유만 주지 않는다면, 목의 경동맥을 그어 죽이는 건 원래 가장 소리 안 나고 간편한 방법이거든요. 그리고 난 좀 덜 떨어졌지만 착한 아들답게, 형사님들께 아버님 서류를 다 공개할 겁니다. 당신 파일도 나오겠죠. 그런데 명심하세요. 너무 빨리 붙잡히는 것도 좋은 일은 아니고, 붙잡힌다 하더라도 테비니 나에 대해 떠드는 건 별로 이롭지 않을 겁니다. 그건 테비에 대한 배반이고 진짜 변절이기도 하지요. 당신은 어차피 존속 살인범이 되어 사형당할 거고, 당신이 어찌저찌 풀려난다 하더라도 테비 사람들이 가만 안 있을 겁니다."

"그런 걱정은 안 해도 될 거요."

나는 진심으로 말했다. 붙잡힌다 하더라도 그의 이야기나 나의 이야기를 할 마음은 추호도 없었다. 그가 아버지를 살해한 동기를 설명하자면 필연적으로 내 이야기가 나올 것이고, 이미 죽은 민선이나 내 아버지의 이름을 취조실에서 들먹거리고 싶지 않았다. 여신과 내 이름이 경찰서에서 이 입 저 입 오르내리는 것으로 족했다. 그가 만족한 듯 웃으며 고개를 끄덕거렸다.

"좋아요. 역시 내가 우러러보던 그 TERROR4EGO님이시군요. 난 앞으로 한참 동안 테비에 안 들어갈 겁니다.

이제 사회에 적응해야죠. 내가 맡은 역할은 멋진 거니까요. 시효가 끝날 때까지 안 잡히고 살아 계시다면, 그때쯤 테비에서 봅시다. 그때는 저도 맘놓고 들어갈 수 있지 싶어요."

나는 고개를 흔들었다. 몇십 년 후에도 보고 싶지 않은 작자였다.

"아니, 난 이제 테비에 들어가지 않아. 집에 가자마자 당신한테 메일 한 통 보내놓기는 하지요. 하지만 그 다음에 날 다시 볼 일은 없을 거요."

"메일?"

그가 의아한 듯 눈썹을 찌푸렸다. 나는 더 이상 그와 말하고 싶지 않았다. 의자에서 일어났다. 한때 나를 구속했던 의자, 내 살의를 붙들어매었던 의자가 끼긱 소리를 내며 뒤로 밀려났다. 그러나 내 앞에 서 있는 사람에게까지 돌아갈 살의는 없었다. 작별을 고했다.

"안녕히. 먼저 가지요."

그는 찝찝한 표정이었지만 날 잡지는 않았다.

"잘 가요."

그와 나는 그렇게 헤어졌다. 처음 통신 밖에서 만나 서먹함을 채 풀지 못하고 헤어지는 통신 친구들답게.

나는 지하철 첫 차를 타고 남부터미널역에 내렸다. 집

에 돌아올 때까지 길거리는 어둠에 잠겨 있었다. 집 안은 죽은 자의 말대로였다. 어느 조직인지는 몰라도 손이 꽤 섬세한 모양이다. 내가 정리해놓고 나간 대로의 방이었으나, 침대에 누워 있던 여신은 없었다. 나는 컴퓨터 앞 의자에 털썩 앉아 눈을 감고 등을 뒤로 기댔다. 괴로워하고 분노하고 절망하고 아연해하며 온 밤을 지새운 피로가 그제서야 온몸을 적시고 있었다. 이틀 간 겪은 모든 일이 꿈만 같았다. 꿈이라면 좋을 것이다. 그러나 그것은 꿈일 수 없었다. 잃어버린 것은 영원히 사라지는 것이다. 나의 여신도, 그렇게 사라졌다. 죽은 여신의 얼굴조차 볼 수 없었다. 그러고 보니 여신과는 사진 한 장 같이 찍은 적이 없었다. 훨씬 더 멀리, 멀리까지 나와 함께 살아갈 사람이라 생각했기 때문에, 순간에 집착하는 것은 어리석은 일이라 생각했다. 나야말로 어리석은 자였다.

몸은 피곤했지만 머리는 맑았다. 더 이상 지체할 시간이 없었다. 날이 밝고 운전사가 그 집에 돌아가 시체를 발견하면 경찰이 당장 나를 수배할 것이다. 이 모든 것 뒤에 무엇이 있는지 절대로 이해할 수 없을 사람들, 여신의 죽음과 그의 죽음을 치정 살인 어쩌고로 치부하며 낄낄거릴 것이 고작인 경찰들에게 붙잡혀줄 생각은 전혀 없었다.

물기가 말라 씀벅씀벅한 눈을 뜨고 컴퓨터를 켰다. 바닥에 집어던져졌음에도 컴퓨터는 아무 고장 없이 돌아갔다. 나는 테비에 접속했다. 그리고 그에게 보내는 짧은 편지를 썼다. 그가 그 편지를 받아 읽어보았는지, 아니면 그냥 지워버렸는지는 확인할 수 없다. 그것이 나의 마지막 접속이었으니까.


## 5

연속 출력하시겠습니까? (y/n) y

메일 번호: 1/1 메일 형태: TXT
발신인: TERROR4EGO
제목: 당신들은.

당신들은 모를 겁니다. 당신들이 무엇을 파괴했는지. 여기서 '당신들'이라고 말하는 것은 당신과 당신 아버지를 통틀어 말하는 겁니다. 당신은 당신 아버지와 다르다고 말하고 싶겠지요? 천만에. 내가 보기엔 똑같습니다. 어쩌면 당신이 더 악질일지도. 당신 아버지는 자신의 흥미가 사람의 목숨보다 더 중요하다고 생각했고, 당신은 대의명분과 이익과 욕망을 조악하게 결합시켰습니다. 당신들이 함께 여신을 죽였습니다.

우선 내가 할 수 있는 작은 복수를 해야겠습니다. 당신이 실망할 사실 하나를 밝혀둡니다. 난 결코 아버지를 죽인 적이 없습니다. 내가 테비에 재가입했을 때 몇몇 사람들이 의심하던 바가 맞습니다. 내가 써놓은 건 아버지를 죽이고 싶다는 소망과, 술 마신 아버지가 넘어져서 죽은 날의 흥분이 어우러진 결과입니다. 나는 당신의 죄를 나누어 져주지는 않겠습니다. 살부의 죄를 범한 것은 당신 혼자입니다.

당신이 '여신이 그렇게 매력적이어서 테러의 길을 포기했냐'고 물었을 때, 나는 하마터면 실소할 뻔했습니다. 좋습니다. 테러, 그것은 매력적이었습니다. 목적 없는 개인의 폭력을 금기시하는 모든 법률과 규범과 관습에 맞서서, 주어진 자신의 환경에 개의치 않고 폭력에 온몸을 내던져 폭력과 거기에 부과되는 위험 속에서 세계를 바라보는 독자적인 자아로서의 테러리스트. 나도 그 이상에 빠져 있었습니다. 당신만을 탓할 것은 아니겠지요. 나는 당신과 전혀 다른 환경 속에서 자라났습니다. 하지만 아무도 믿거나 사랑하지 못했다는 점에서는 당신과 동일합니다. 당신과 나는 세계의 젖줄을 잃어버린 사산아들입니다. 테비의 다른 모든 사람들도 그럴지 모릅니다. 테비 사람들은, 나를 포함해서, 우리가 우리만의 세계를 건설하고 있다고, 우리는 낡은 공동체 속에서 질식되어가는 개개인의 자아를 살려내고 있다고, 자아가 우선되고 그 기초 위에 자라나는 세계를 만들어가고 있다고 생각했습니다. 그것은 착각이었습니다. 우리의 세계는 유령들이 춤추는 낡은 영아 공동묘지였습니다. 우리는 인간들을 머리에 나사 빠진 로봇들이라고 경멸했지만, 정작 우리는 허깨비, 그림자들이었습니다. 이 모든 것을 나는 너무 늦게 깨달았습니다.

단 한 번 보았지만, 당신이 지을 표정이 눈앞에 선히 보입니다. 당신은 한쪽 입술을 비틀어 웃으며 반문하겠지요. '그 여자애를 만난 다음에 말이죠?' 하고. 맞습니다. 그 여자애, 여신을 만난 다음에야 나는 그것을 깨달았습니다. 우연이 행운과 불행을 동시에 가져다주었습니다. 여신은 아무것도 내게 강요하지 않았지만 나는 여신으로 인해 변화했습니다. (당신은 역겨워하겠지만, 조금 감상적이 되어볼까요?) 그리고 나서 여신이 떠나가버렸습니다. 마치 나를 변화시키기 위해 세상에 잠시 내려왔었다는 듯이.

여신이 내게 가르쳐준 것이 무엇인지, 당신은 죽을 때까지 모를 겁니다. 여신은 사람과 사람 사이에 기댄다는 일이 가능하다는 것을 알려주었습니다. 내 바깥의 세계가 존재한다는 것을 가르쳐주었습니다. 그리고 그 세계가 나와 별개가 아니며, 내가 절실히 원한다면 세계와 내가 관계를 맺을 수 있다는 것을 가르쳐주었습니다. 여신은 사람과 사람 사이에 교감이라는 것이 존재한다는 것을 알려주었습니다. 한 사람이 다른 사람을 지배하는 것도 아니요, 다른 사람을 캔버스 삼아 그 위에 '예술'을 구현하면서 자아 실현을 했노라고 기뻐하는 것도 아닌, 다른 어떤 관계가 있다는 것을. 그것은 작고 위태위태해 보이는 길이지만, 그 길을 걸어가며 세계를 살아나가는 것은 세계를 완전히 새롭게 인식하는 것이라는 사실을. 그것이야말로 우리가 '개인적인 폭력'으로 만들어낸 허망한 세계와는 다른, 근본적인 혁명이라는 것을.

　여신이 찬사를 받아 마땅한 것은, 그애가 나만큼이나 열악한 환경에서 그 깨달음을 스스로 터득했다는 것입니다. 당신도 익히 아시겠지만, 내가 그애에게 들은 '서적 수집인'의 삶은 테러리스트의 삶만큼이나 메마른 삶입니다(사람이 사람을 이용하는 방법에는 참 가지가지가 있더군요. 나는 '서적 수집인'을 만들어낸 자를 정말로 경멸하고 증오합니다. 그는 사람만이 가질 수 있는 '선망'이라는 감정을 돈과 돈 가진 자들의 도구로 만들었습니다).

어쩌면 여신이 걸어온 길은 테러리스트보다 더 나쁜 길일지도 모르겠습니다. 그애는 사물(事物)이었고, 사물(私物)이었습니다. 하나의 도구가 그 도구를 사용하는 사람에게 절대적으로 복종하면서도 그와 다른 독립적인 의지와 감정을 가진다는 것은, 그 도구가 인간일 때는, 특히 어려운 일입니다. 그런 점에서 여신은 나보다 강했습니다. 내게 인간을 경멸하라고 강요했던 사람은 없습니다. 그러나 나는 인간들을 경멸했습니다. 내 곁에 나를 믿고 의지했던 육친이 있었는데, 나는 그 육친에게조차 애정을 보여주지 못했습니다. 여신은 아무도 가르쳐 준 바 없는데도 인간에 대한 애정과 신뢰를 잃지 않았습니다. 그애는 사람에게 따뜻하게 대한다는 것이 무엇을 의미하는지 본능적으로 알고 있었습니다. 그애는, 하나도 믿을 구석 없는 인간 하나를 죽는 순간까지 믿었습니다. 그애를 죽인 것은 당신 아버지의 돈과 권력이겠지만, 나는 그애를 순교자라고 생각합니다. 그애는 인간과 인간이 가질 수 있는 관계의 아름다움 안에서 순교했습니다.

지금까지 읽은 것으로 충분히 아시겠지만, 이제 나는 진정한 의미의 변절자입니다. 지금의 나는 테러가 인간을, 세상을, 심지어는 테러를 행하는 당사자조차도, 그러니까 아무것도 바꿀 수 없다고 생각합니다. 오히려 이 미쳐가는 세상을 악화시킬 뿐이라고 믿습니다. 당신의 '예술로서의 테러' 나, 당신 아버지가 자기는 세상과 인간을 농락할 수 있는 신이라고 믿었던 착각이나, 본질에서는 동일합니다. 당신들은 자기 이외의 아무것도 믿지 않습니다. 적절한 술수만 쓰면, 세계고 운명이고 인간들이고 모두 자신의 힘으로 지배할 수 있으리라 생각합니다. 내가 '당신들'이라고, 당신과 당신 아버지를 함께 묶어 말해서 기분이 나쁩니까? 오히려 기뻐해야 할 겁니다. 지옥에서는 손잡고 느낄 체온이 있다는 게 위안이 될 테니까요. 애정을 받아보지 못했던 당신들이, 그때 아니면 남의 체온을 언제 느낄 때나 있겠습니까.

당신이 이 편지를 받아보는 때, 당신과 내가 알던 TERROR4EGO는 죽습니다. 여신 덕분으로 다시 태어난 내가 믿는 것은 TERROR도, EGO도 아닙니다. 오히려 가운데 가냘프게 끼여 있던 for입니다. 무엇을 어떻게 위할 수 있을지는 아직 모릅니다. 하지만, 나는 내가 누군가를 위할 수 있다는 것을 이제 압니다. 이미 알았어야 했지만, 이제는 압니다. 지금부터 나는 여신이 준 이 가냘픈 등불을 들고, 당신과는 다른 방식으로, 과거의 나와도 다른 방식으로 세상을 겪어볼 것입니다. 당신도 otherself의 그림자를 빨리 벗어버리기 바랍니다.

이 순간부터 당신의 EGO가 되어줄 자는 존재하지 않습니다.

변절자 정민규

덧말: 지금 내 가장 큰 불행은, 여신에 대해 함께 이야기할 수 있는 사람이 당신뿐이라는 것이군요. 적어도 여신은 당신 귀보다는 훨씬 깨끗한 귀와 마음에 들릴 자격이 있는 이름인데 말입니다.

덧말 2: 원하신다면, 이 편지를 적절히 편집해서 테비에 올리셔도 좋습니다. 그러면 테비 사람들이 나를 죽이거나 반병신을 만들려고 혈안이 되어 달려들겠지요. 어쩌면 성공할 수도 있을 겁니다. 그러면 당신 잠자리는 편해지겠지요?

편지를 저장하시겠습니까? (y/n) n

나는 n을 눌렀다. 적어도 내가 좋아했던 그의 독설은 변함이 없어 보였다. 먼 훗날 그의 심장을 지탱하는 것은 '교감'일까 독기일까. 그는 인정하고 싶지 않겠지만, 당분간 그가 무너지지 않도록 버텨줄 것은 독기일 것이다. 나는 그가 한 말을 반의 반도 믿지 않는다. 폭력의 세계를 맛본 자가 폭력을 그렇게 쉽게 잊을 수는 없다. '사랑'이나 '교감'은 그 폭력의 맛을 더욱 짜릿하게 해주는 강한 향신료에 불과할 뿐이다. 그의 편지에 어린 독기가 그것을 증명해주고 있다.

누군가를 위한다는 것…… 할 수 있다면 좋은 일일 것이다. 여유가 있으면 할 수 있는 일이다. 그러나 그 여유는 그가 말하는 곳에서 오지 않는다. 그것이 이 세계의 광기고 불행이라 해도 좋다. 내가 사는 곳은 세계의 한가운데다. 자그만 오솔길 따위는 아니다.

세계를 지탱하는 것은 무엇인가. 세계를 지탱하는 것은 그가 언제부터인가 심정적으로 옹호하게 된 '서로 위할 줄 아는 사람들'일지도 모른다. 그러나 세계를 움직여나가는 것은 힘이다. 거인들이 소인들의 어깨 위에 올라타고 전진한다. 아버지는 힘의 중심에 있었다. 이제 아버지는 아래층에 누워 있다. 힘의 중심에 서게 될 것은 나다. 그가 아래에서 버티기를 자청한다면 나는 위에서 밟아주리라. 위에 있는 자는 어려움 없이 밑에 있는 자를 내려다볼 수 있지만, 밑에 있는 자는 고개를 한껏 빼올리지 않고는 위에 있는 자를 바라보지 못한다.

그는 내가 테러에 매료되었던 이유를 모른다. 내게 있어서 테러는, 이 위와 밑의 이분법에서 비켜날 수 있었던 가능성이었다. 나는 밑에 있을 수 없는 인간이다. 남에게 짓밟히느니 짓밟아주는 것이 낫다. 그러나, 나 스스로의 발톱과 이빨로만 대지를 걸어다닐 수 있는 가능성이 있다면 이야기가 달라질 수도 있었다. 무엇에도 힘입지 않은 나 자신의 정립. 나는 거기에 익숙해지려 최대한 노력했다. 그러나 그러기엔 내가 너무 위쪽에서 태어났는지도 모른다. 게다가 아버지에 대한 나의 증오도 너무 강했다. 그 점에서 내가 운명과 나 자신에 패했노라고 말한다면, 그건 수긍할 수밖에 없다.

나는 자식을 낳을까? 그 자식도 나를 죽이고 싶어할까? 알 수 없는 일이다. 그의 말마따나 나는 애정을 받아보지 못했고, 아버지도 애정을 받아봤던 사람은 아니다. 애정계(界)에서는, 받아보지 못한 자는 주지 못한다는 말이 금언처럼 전해내려온다. 내 자식이 내 목에 칼을 그어댈 때는 어떤 느낌일까?

어쩔 수 없는 일이다. 강한 자는 약한 자의 희생 위에 서고 더 강한 자를 위해 희생된다. 그러나, 테비 안에서 내가 꿈꾸는 세계는 강과 약의 대립이 없는 강함이다. 그 강함으로써 모든 대립에서 스스로를 자유롭게 하는 자, 그런 자들의 세계. 이것이 내 이상이다. 나는 그와는 다른 이유로 테비를 포기하지만, 내 꿈이 잘못되었다고는 생각하지 않는다.

날이 밝아온다.

그는 자기가 전혀 생각하지 못한 방법으로 내 허를 찔렀다. 심지어 나는 아버지를 죽인 것을 약간 후회하고 있을 지경이다. 그는 내가 힘의 중심으로 나아가게 되면서 잃어버릴 것이 무엇인지 정확하게 보여주었다. 운전사가 돌아와 아버지의 시체를 발견하는 그 순간부터, 나는 내가 테비에서 추구했던 모든 것을 잊어야 한다. 그것이 힘의 구조와 일체가 되는 자의 운명이다. 나는 힘의 정점에 서서, 누구보다 자유로우면서 누구보다 예속되는 자가 될 것이다. 그 구조 안에서 누구보다 굳건하게 서 있으나, 그것이 흔들리는 순간 가장 먼저 무너져내리는 자가 될 것이다. 그리고 내가 가졌던 이상은, 이 순간부터 더 이상 나의 것이 아니다. 날이 밝아온다. 나는 테비를 모른다. 모른다. 모른다.

초인종 소리가 들린다. 운전기사가 돌아왔다.